全民微阅读系列

母爱的存单

傅友福 著

江西高校出版社

图书在版编目(CIP)数据

母爱的存单/傅友福著. —南昌:江西高校出版社,2017.9(2020.2重印)

(全民微阅读系列)

ISBN 978-7-5493-6057-4

Ⅰ.①母… Ⅱ.①傅… Ⅲ.①小小说—小说集—中国—当代 Ⅳ.①I247.82

中国版本图书馆 CIP 数据核字(2017)第 225570 号

出版发行	江西高校出版社
社　　址	江西省南昌市洪都北大道96号
总编室电话	(0791)88504319
销售电话	(0791)88592590
网　　址	www.juacp.com
印　　刷	永清县晔盛亚胶印有限公司
经　　销	全国新华书店
开　　本	700mm×1000mm　1/16
印　　张	13.5
字　　数	180千字
版　　次	2017年10月第1版 2020年2月第2次印刷
书　　号	ISBN 978-7-5493-6057-4
定　　价	36.00元

赣版权登字-07-2017-1162
版权所有　侵权必究

图书若有印装问题,请随时向本社印制部(0791-88513257)退换

目录 / CONTENTS

赝品　　/001

自然变异　　/005

母亲的记忆　　/008

瞧不起谁呀　　/011

病态　　/014

意外　　/017

请你做好最后一天　　/020

小羊儿，你慢点走　　/023

给娘回个电话　　/026

大爷的宝贝　　/028

民工一凡　　/030

从小事做起　　/034

县长的女人　　/036

军魂　　/038

清白　　/041

母爱的存单　　/043

镇长母亲过生日　　/044

顺子　　/047

都是为了爱　　/049

复仇　　/052

狼爱上羊　　/056

刘婶　　/058

让你尝尝拳头的厉害　　/061

神秘的短信　　/063

锁匠张三　　/066

乌鸦口渴了　　/068

小花失踪案　　/070

"雪人"突击队　　/072

杨二嫂　　/076

战场上的拥抱　　/079

QQ爱　　/082

宝盒的秘密　　/086

被绑架的母爱　　/089

本分人　　/092

残荷　　/096

打工归来　　/098

借口公司　　/100

贼性不改　　/103

刘二根失踪案　　/106

年审　　/109

朋友借钱　　/111

奇怪的电话　　/113

奇招　　/115

亲殇　　/117

求助　　/119

三只手　　/122

停电事件　　/124

寻找影子　　/126

阳台上的女人　　/130

远处的枪声　　/132

在前夫家过夜　　/134

弄巧成拙　　/137

兰妹　　/141

租个MM过年　　/145

真相　　/150

中国结　　/152

中奖之后　　/155

神秘的敲门声　　/157

谁叫你多嘴　　/159

诗人之死　　/164

追"剩女"　　/166

留恋　/172

报答　/178

丁香的婚事　　/183

爱情妙计　　/188

"练爱"转正　　/193

我的合租女友　　/198

绝境　/203

笔记本里的秘密　　/209

赝 品

从我记事起,我就知道父亲手中有一枚古铜币。

那是一枚栩栩如生的古币,上面的花儿交织在一起,弯曲的枝叶像少女的身体那样舒展,展示着极大的诱惑力。可父亲只给我看过一次,那是我上初中的时候。此后,我再也没有见过它。

上高中的时候,我对考古方面很感兴趣,因此,有关古币或其他古董我也接触过不少。但我就是没有看到过有关和父亲手中相同的古铜币介绍。我的辅导老师姓贾,是位学者,他平易近人,对我疼爱有加。在一次闲聊中,我告诉了贾老师父亲有一枚古铜币。贾老师对我说,目前市场上的古币赝品很多,说不定你父亲珍藏的古币,也是赝品,因为他不懂古董。他让我改天拿给他看一下,也当作是研究。

我没考虑就答应下来了。可我知道,父亲对我们兄弟非常严厉,他的东西是不允许我们任何人碰一下,要是让他知道了,不被打死才怪呢。特别是我,他让我不要心术不正,要一心学习,将来才有成就。父亲所讲的道理我都懂,但贾老师说过,为了研究,也为了证实父亲的古币是不是赝品,所以,我决定铤而走险,偷偷拿出父亲的古币,让贾老师鉴定一下。

学校离家很近,我要完成这个任务应该不成问题。父亲是个石匠,白天一般到别人家做工去了,家里没人,这正是我下手的大好机会。

上了两节课，我就偷偷地溜回家，在父亲的卧室里翻找。在父亲的床柜里，我找到一个小木盒。打开一看，里面只有几千元钱，没有那枚古币。怪了，这小盒子是父亲珍藏古币的地方，以前他就是从这拿出来的，为什么没有了？

父亲的卧室徒有四壁，除了墙上一幅古画外，没有地方可藏古币。会不会放在画轴里？我灵机一动，取下古画。果然，我在画轴里找到那枚古币。它用红布包着，不小心还真看不出来。

贾老师很细心观察古币，并用放大镜看了几遍。最后，贾老师说这枚古币是一种普通的铜币，只是它的表面经过了处理，它的花纹和古铜币还真是一样的。这么说来，父亲珍藏的古币是枚赝品？

贾老师是德高望重的学者，他是不会骗我的。那父亲为什么要收藏这枚赝品？

当天下午，我就把这枚古币放进父亲的画轴里。

那是周日上午，我正在睡懒觉，父亲一巴掌把我打醒了。

望着一脸怒气的父亲，我知道出事了，父亲一定是知道我偷拿他的古币。果然不出所料，父亲正是为这事打我的。

"小子，你吃里爬外了，把我古币拿到哪去了？快说！"

"我没拿……"一巴掌再次落到我的屁股上。

"没拿，为什么这枚古币换了样？这是赝品。到底是谁给换了？不说，我就打死你。"父亲不依不饶，非要我说出来不可。

再隐瞒也没有意义了，我只好告诉父亲，说是贾老师想看一下，我拿去之后又放回来了。

"蠢货，你真是蠢货！这枚古币已经易主他人了，我们家里这枚，只是赝品而已。你那个贾老师真是阴魂不散，他终于从你身上做文章，得到他想得到的。"父亲怒发冲冠地说，"该来的，终于来了!"

我不解地望着父亲,这到底是为什么?贾老师不可能一个中午就造出一个一模一样的古币,来换取父亲的古币。再说了,贾老师平时对我那么好,他会做出这样的事情来?

我不敢问父亲,也没法知道父亲话中的含意,只知道我闯了大祸,如果真如父亲所说的那样,不被打死才怪呢。

奇怪的是,父亲大骂几声后,就把我赶出来,没有打我。

带着这个问题,我问了贾老师,到底是不是真的。

贾老师扶了一下眼镜,语重心长地对我说:"小华,你相信父亲的话吗?"贾老师说,父亲只是一个石匠,怎么可能拥有一枚价值不菲的古铜币?出于对古董有爱好,他才会要我拿去给他看一下,却造成了这样的误会,他真过意不去。他说他会找个时间和父亲好好谈谈。

贾老师的话我深信不疑。父亲一个大老粗,不可能有这样珍贵的东西。再说了,就算是什么古董,他不会拿去换钱,用来改善一家人的生活,何必再去当石匠这种苦力活。

过不了多久,贾老师又要我把父亲墙上的古画拿给他看一下,可我不敢答应。因为自从上次拿了古币给贾老师看后,父亲就没有好好睡过一个晚上。每天晚上,他都是在母亲的遗像前喝闷酒。父亲白天也很少说话,要么叹息要么一直在吸烟。

我把父亲的反应告诉了贾老师,说明我不敢拿的原因。贾老师说父亲太固执了,与其带进棺材,不如拿出来看看。这样放着不见天日,有什么用?我听不懂贾老师的话,同样也听不懂父亲的话。我只觉得他们在玩一种游戏,至于是什么游戏,我更不懂了。

贾老师也就作罢,从此再也没有再提起那幅古画的事。

5月1日,学校放了长假,父亲破例拿出100元钱给我,让我到街上买肉来吃。我真开了眼界,父亲从没有这么奢侈过,今儿是怎么了?

大哥和我都很高兴,难得有过这么好吃的。这天晚上,父亲喝了很酒,也说了很多话,让我震惊的是,父亲和贾老师有过前仇。

据父亲介绍,早年父亲和贾老师是同班同学,母亲是他们班的班花。父亲和贾老师在同年级是数一数二的优秀生,于是,母亲也成了他们两个的追求对象。母亲没看上贾老师,和父亲好上了。为此,贾老师耿耿于怀,到母亲家告了一状。母亲被外公赶出了家门,到外面打工去了。

但母亲也带出了家里的两样东西,一幅欧阳修的真迹古画和一枚印度曼陀罗古铜币。那是外婆留给母亲的。母亲出走后,贾老师曾四处寻找母亲,并要她交出那两样东西。可母亲不上他的当,还是嫁给了一穷二白的父亲。临死前,母亲交代父亲,不管家里再穷,也不能把这东西拿去换钱。

母亲去世后,父亲谨记母亲的交代,情愿自己当石匠,挣钱来养家糊口,从没动过那两样古董的念头。父亲并带着我们一家迁到另一个镇上去。而贾老师爱母亲是假,他为了得到这两样东西,打听到父亲的住处,准备了赝品,并利用我的天真,骗走了曼陀罗古铜币,还想再骗走另一幅画。

"其实,人品也有真品和赝品之分!有的人让人一目了然,有的人却深藏不露,为了不可告人的目的,不择手段。这些身外之物,生不带来,死不带去,为什么有的人非得到它不可?"父亲最后说。

"这是古印度迦叶王执政时铸造的钱币,但并非为流通所用。迦叶王为安抚民生,弘扬佛法,特铸此币,提醒人民要一心向善,不要为恶念缠身而迷失本性。它反面的花朵就是著名的曼陀罗花,象征万恶之本源,以警惕人们,正面是梵文,大意是财富往往引人走向邪恶,而善恶就在人们的一念之间……"父亲又说。

过后不久,父亲把那幅欧阳修的真迹画献给了政府。

赝品!父亲和贾老师手中的古铜币,到底谁的是赝品?他们两个到底谁是真品,谁是赝品?

自然变异

后山是一片竹林,氤氲翠绿。一群麻雀在这儿休养生息。几年前兴起了打工热,村里的年轻人都走光了,竹林也闲下来了,越长越旺。9岁的童童是个孤儿,父母分道扬镳后,由叔叔代养。童童有时候很孤独,就到村边看麻雀。久而久之,童童和麻雀们分不开了。

这片竹林是原先五保户老愣种下的,时隔多年,老愣也走了。临走时,老愣交代,这竹林有神看护着,毁不得。

人们把老愣的话当成笑话,一个没文化的人说出这种让人笑死的话来。但人们需要竹子的时候,只是疏而不是伐。这就给之前走投无路的麻雀们制造了天堂般的空间。

但是,好景不长,随着开放搞活经济的大潮涌来,村里开始来了外商。厂房、商品房如雨后春笋般立起来。村主任把砍伐竹林与建一批商品房的想法,提到议事日程上来。

开始有人反对,理由有二:一是这片竹林是挡住山洪的绿色防护林,这么多年来村里没有发生洪灾,就是最好的例证;二是这片竹林是鸟类栖息的地方,附近的山林都伐光了,仅存这片竹林,毁了实在可惜。

村主任摆摆手说,开发商给出一棵竹子30元的价格,这是千载难逢的好机会。错过这个村,就没了那个店。让开发商到别村去,大家就会减少一大笔收入。权衡再三,人们还是同意了村主任的看法。

很快,竹子被砍光了,按棵计算,每人可分到好几百元。整个村子一时热闹起来,像是过节一样。

很快,商品房也盖起来了,一幢幢楼房给村民们带来了生机,外出打工的青年都回到村里,享受着父辈们想也不敢想的舒畅。

麻雀们无处可去,整天在商品房顶盘旋,也形成一道和谐的风景线。只是,麻雀的叫声不再是那么悦耳,似乎是凄凉和无助。只有童童到来,麻雀们才会感到多少有点喜悦之情。

奇怪的是,一段时间后,童童竟听懂了麻雀们的话。她小手一指,麻雀就随着她的小手跳舞。她小手一挥,麻雀就会飞到她的面前来,和她说话。

可是,麻雀的厄运也到来了。无聊的人们突然发现,麻雀热补,而且是原生态动物。如今什么鸡呀鸭呀的肉都没有麻雀肉新鲜可口。于是,有人买来了网,每天都能网住一些麻雀。于是,麻雀能卖出个好价钱,捕捉的人也争先恐后。

最后,无处栖息的麻雀们就在商品房后面的豪华墓地边生活,因为墓地旁边人工种植了很多榕树。如今活人会享受,死人也会享受。这墓地雍容华贵,一块墓地高达几万元呢。

童童站在榕树边哭泣,并把人们丢掉的麻雀毛收集在一起,拿到墓地边埋葬起来。几只麻雀围到她的身边,凄凉地转悠着。她没有能力阻止人们捕捉麻雀,唯一能做的,就是这些了。

人类晚上睡觉,鸟类也是晚上睡觉的。可这天晚上麻雀们却烦躁不安,在墓地上空飞来飞去。不一会儿,麻雀又飞到村民们新建的楼房上空,叽叽喳喳地乱叫一通。

村民们被吵醒了,无不怒骂这些麻雀。童童也被吵醒了,她下了床,走到阳台,有只麻雀飞到她的身边,和她低语了几句,就迅速地飞走了。

童童听完麻雀的话,赶快跑到叔叔的房门前,使劲敲着门。叔叔睡眼蒙眬地对她吼道:"你这死妮子,半夜三更不睡觉,吵什么吵!"

童童怯怯地对叔叔说:"麻雀说今晚有大雨,要发大水。"

叔叔一听气得扇了童童一巴掌:"你这小疯子,麻雀说让你去死你就去死。难怪你的父母都不要你,小小年纪就学会胡言乱语。滚,再来烦我,我就把你扔出去……"

童童哭着走下了楼梯,来到门口,麻雀们又在楼房间穿梭着,其惶恐不安,可想而知。

"童童,上后山北坡去,那里安全。"一只麻雀告诉童童,"他们都不值得可怜,由他们去吧。这就是报应。"

童童真的跑到后山去,上了北坡,还没坐下,天上就电闪雷鸣,不一会儿下起倾盆大雨。这雨越下越大,越下越猛,没多久街道上积满了齐腰深的水。

村主任这才感到事情严重,赶紧翻身下床,提着喊话器大喊,让人们转移到北坡上去。原来,几天前村主任就接到县里的通知,说是近期有暴雨,要他注意。但他不相信几十年没有暴雨的小山村,会遇到不测之灾。

但这一切还是迟了,山洪从后山南坡飞泻而下,首先冲倒了刚建好不久的商品房,接着,没有阻力的山洪迅速冲向村民们的新楼房。一幢幢楼房在大水的冲击下,土崩瓦解了。

北坡上,童童和麻雀蜷缩在一起,目睹了这场史无前例的大水。

村主任东奔西忙,寻找幸存者。突然,从豪华墓地上冲下来一副红色的棺材,不偏不倚,正好击中了村主任的头。村主任连哼都没哼一声,就被洪水淹没了。

大水过后,叔叔也是幸存者之一。那天晚上由于童童的一吵,让他没有睡意。听到村主任的呼叫后,马上和媳妇一起,转移走了。

当叔叔和人们谈起那天晚上的怪事时,人们都说:"这麻雀成精了,变异了。"

母亲的记忆

近几年来,母亲的记忆越来越差,有时候连我也认不出。本想给母亲过上几天舒心的日子,可我刚进城,忙着娶妻生子,只能暂时把母亲丢在老家里。近段时间来,我终于在城里站稳脚跟了,买了房子,开上车子,和妻子一商量,决定把母亲接到城里来。

可是,母亲不愿意随我们来到城里,好说歹说,加上邻居们的建议,母亲才依依不舍地同我们回到城里。

本来是平静的一家三口,母亲一来,家里可就热闹了。一是母亲双手闲不住,一出门就搬进一些塑料袋、旧报纸什么的。这是母亲利用出门的时间捡的。本来家里空间就不大,母亲这些垃圾一大堆,更是没有落脚的地方了。为此,妻和儿子都意见很大。我也和母亲交谈过,让她别这么做了,家里并不缺这点钱。可母亲不听,说是我们刚买了房子,经济并不宽余。这些废品一出手,就可以给小孙子买点营养品。二是母亲患上严重的失忆症,如果在小区里转悠还好,一旦走远点,就找不到回家的路。警察已经送回几次了。试想,我和妻都要工作上班,哪有时间每天到处找母亲?每次母亲被警察送回来,我和妻就语重心长地告诉母亲,让她别走远了,可母亲一出门,就控制不住自己,越走越远了。

母亲的到来给我们的工作生活带来这么大的困扰,妻的脸色也越来越难看了。我只好当夹心饼,一边说服妻子,一边说服母亲。可这也不是办法,母亲照样走失,警察照样送人。并且警察还数落我们,做晚辈的,要孝顺点,不能让老人这样,一旦发生意外,后果将不堪设想。

我们合计再三,决定请一个小保姆。小保姆请来后,母亲有人陪着,我们也可以放心工作了。从此,母亲再也没有走失的记录了,可我也发现,母亲的情绪也越来越低落了。但我们一直忙于工作,把这事给忽略了。

这天晚上,我下班回家,发现母亲正拿着父亲的照片发呆。父亲是一名军人,参加自卫反击战时牺牲的。那时候,我刚出生,母亲没有再婚,含辛茹苦地把我养大,送我上大学。我知道母亲很苦,并知道母亲对父亲的爱,是我们小辈们无法理解的。当下,我坐在母亲身边,和母亲一起缅怀父亲。

"30年了,不知道他在那边可好?他要是还在的话,也是个老头子了。"母亲叹了口气,好像是对我说,也好像是在自言

自语。

我劝母亲别想太多,她的健康,才是我们最大的希望。劝说一番,我就回自己房间了。

平时我们上班去了,家里有个人陪妈说话,我发现母亲的精神也好了很多,我们的脸上都露出了笑容。看来母亲也是会改变的。

这天我们下班后,却发现母亲和保姆都不在家,接到保姆的电话后,才知道母亲外出走丢了。

在这城市里寻找一位老太太,犹如大海捞针。我们心急如焚,到派出所报了警,也杳无音讯。

正当我们几近绝望的时候,家里堂弟打来电话,说是母亲回到家乡了。

这可能吗?她怎么搭车回去的?母亲可是患了失忆症的。

我们急忙赶到家里,发现母亲拿着一顶军帽,就在村头的龙眼树下发呆。我责备母亲不该这样,让我们一顿好找。

"孩子,你们都很忙,我不想连累你们,所以就回来了。虽然我记不得其他东西,但回家的路我还是知道的。特别是这棵树。"秋风中,单薄的母亲抚摸着树木对我说。

"可你不待在村里,却在这树下做什么?天气这么冷,万一着凉怎么办?"我有点生气。

"再来看看这树老了没有。"母亲的话让我不知所以。

站在一边的三伯告诉我,当年你母亲就是在这树下送你父亲去当兵的。而今天,正是父亲和母亲订婚的日子。

我无语,搀着母亲,一步一回头地走回老家。

一阵冷风吹来,吹下了母亲眼角两颗晶莹的泪珠。

瞧不起谁呀

杨白劳穿着女儿喜喜从南方寄来的新皮衣,到村里逛了一圈,刚要进门,就听到对面院子里传来了黄宝贵婆娘尖酸的笑声:"不要脸,也敢穿出来丢脸,那皮衣就是那种皮换来的。"

杨白劳本不叫这名字,叫杨百涛。因为他有个好女儿喜喜在南方打工,因为喜喜长得像《白毛女》中的喜儿那么漂亮,因为喜喜每个月都会寄来一笔不小的汇款。所以,人们就叫他为杨白劳了。

能赚到钱的喜喜让人红了眼,这不,和喜喜一起南下的黄宝贵的女儿红红,就没有这本事,一月也就1000多元,每月能寄回几百元就很不错。而且红红穿的衣服也显得有点寒碜,一看就知道那是几十块钱的或者说是地摊货。你看人家喜喜,没人敢穿的衣服她敢穿,没人敢说的粗话,她敢说。整一个城里人的做派,一人升天,仙及家人。杨白劳的皮衣就是喜喜从南方带回来的真皮皮衣,杨白劳的婆娘左手上的玉镯,无名指的白金戒指,也是喜喜从南方带回来的。

杨白劳的婆娘每次出门时,总是把头昂得高高的,这可气死宝贵的婆娘。经过多方调查,宝贵的婆娘知道了一个天大秘密:喜喜在南方是那种人!有了这个尚方宝剑,宝贵婆娘就可以通过语言的发泄,而且理直气壮,来填补心中的不平衡。

你看,杨白劳不就又听到了来自对面院子里的话里的话了。

杨白劳的婆娘也不甘拜下风,回头望望自家的小洋楼,再看看宝贵家的破平房,从未有过的满足感便充满心头。

"哟,没有白面吃,总说窝窝头好吃,贱！看看你的脸,粗得跟麻布似的,穿得了皮衣吗？"她假装出来倒水,回应了一句。

"有人想换,可得有人要啊！"她想想这话还不够深透,干脆再来一句。

这话倒是事实,红红个子小,一个大屁股占了半个身子,是那种丢在人堆里很不起眼的姑娘,她是没法和冰清玉洁的喜喜比。

不仅是宝贵一家不平衡,村子里很多人不平衡。就人家杨白劳有洋楼住,别人就得住平房？但不平衡归不平衡,要是遇到手头紧的时候,大都会往杨家去,抬头不见低头见,杨家总是有求必应的。

困难的时候还是杨家最给力。村人这样评价,也这样感叹。

只是借过钱之后,往人堆里一站,喜喜的故事又会从各人的嘴里流淌出来。

临近春节,红红和喜喜都回来了,柳村呈现出一派节日的气氛。家长们的磕磕碰碰,在小姐妹中没有造成任何影响。她们手牵着手,游走在村道上,阵阵笑声回荡在阴沉沉的上空。

杨家没少教训喜喜,黄家也没少数落红红,但都无济于事,第二天醒来,她们的欢声笑语,同样惊醒了梦中的小树林。

时间过得真快,俩姐妹年龄也不小了,杨家和黄家都急着给她们找婆家。按惯例,得让媒婆来提亲才有面子。村子里有名快嘴媒婆三娘得到消息后,一大早就来到杨家,一边喝着喜喜从南方带来的咖啡,一边如数珍宝似的把各村的好小伙子一一排队。经过挑三拣四、优胜劣汰的原则,最后,村主任的小儿子成为最佳人选。经三娘一说,村主任笑得眼睛眯成一条缝："好女孩,好女孩。"随即点头同意了,他说这才是门当户对。

黄家也在等三娘,一般来说,村中的媒婆都对哪家的小伙姑娘排成了队,哪个长得哪样、哪个在哪上班、哪个是好是坏都是了如指掌的。但三娘就是没来,人家喜喜结婚了,大红鞭炮声震得黄家人的耳朵发聋,还不见三娘登门。黄宝贵急了,婆娘也急了,难道三娘就没长眼睛?

总算盼来了三娘,三娘一进门,一屁股坐在炕上说,找到了找到了,就村东的吴老二。吴老二人是老了点,但是配你家红红也不过分,况且他家底不错。这不,他前年刚去了婆娘,还空寡呢。

红红的娘一听这话,气得两眼发直:"我家红红可是黄花闺女,三娘这么说不是过分了?"

"你家红红是不是黄花闺女,不是由我说了算,得看男方家的意见。我也不是不帮你,但我一配对,人家就不同意,我有什么办法?"三娘委屈地说。

经过再三配对,红红终于嫁出去了,对方是个30多岁的屠户,比吴老二强了点。黄家勉强同意,再说了,红红也没有意见。

红红成亲这天,也算是热热闹闹的。看着迎亲的队伍,杨家婆娘从门缝里伸出头来,边看边摇头,不也就这么回事,张扬什么?

是啊,村子里有人附和着:瞧不起谁呀!

病　态

　　李四望着李姐大摇大摆在办公室走来走去,心急火燎的,仿佛这事就发生在他身上。彷徨了很久,李四终于大胆走上前去:"李姐,你的裤裆开了。"

　　一语惊醒梦中人!李姐不认识李四似的回过头来,鄙夷中掺杂着慌乱,她急忙往下一瞧,裤裆开着个口子,里面的红色内裤若隐若现。她迅速拉起裤裆,并快速闪进卫生间。办公室的其他人员见着这一幕,掩饰着笑开了。

　　这可不得了了,李姐是李四的上司,工程部主管,你李四一个小小工程员,这回不倒霉才怪呢。

　　没过两天,关于李四的作风问题就传得沸沸扬扬了。

　　有两种版本:一是说李四在别的单位,就因为男女关系不正常,被人家劝退了,至于李四能来到这个单位,是因为李四有个亲戚在机要部门工作,人家才会让他进来的。二是说李四的老婆正在怀孕中,根据过来人的经验,老婆怀孕中,男人正属于能量释放的饥饿期,最容易拈花惹草。要是没有自制力的话,做出傻事也是理所当然的。

　　反正总有一种版本符合李四目前的情况,不然的话,哪有大男人关注女人的裤裆拉了没有,且在大庭广众之下说出来。说白了是有窥视欲。

　　从那以后,李姐从不拿正眼看李四,这种男人是丢人丢到家了。别的女性对李四也有一种莫名的恐惧感,不知道哪天不小心又被他偷窥了什么。

不知是哪个好事者,把这事传到了老婆耳朵里,这可不得了,谁都知道李四的老婆不好惹。这不,李四一回到家,老婆的质问就让他无地自容:"你个大老爷们不觉得丢人?想看我也有,为何要去看别人呢?"老婆说着,褪下内裤,"让你看个够吧,免得在外面让我抬不起头来。"

"你有病!"李四拼命反抗,"我根本不是那意思,我是觉得她这样有些失态,而且她不知道,只是提醒她一下……"

"就你知道失态,别人不说就你说,可见你注意她好久了。"老婆挺着大肚生气地说。

李四无语,拿着垃圾袋下楼倒垃圾去。

李四下楼后,不想上楼,他受不了老婆的指指点点。索性坐在小区的广场上,也不知道坐了多久,他才发现夜色已深,再不上楼的话,还不知道会生出什么事情来。

来到五楼508房前,突然,一条黑影从他身边跑过去,紧接着,508房门打开了,一个女人气急败坏地冲出来。

"抓住他,别让他跑了!"女人的声音在沉静的夜间特别响亮。

李四正不知所措,508的女人一眼就看到站在眼前的李四,一把抓住他的手,并顺手给了他一个耳光:"我可逮到你了,不要脸!"女人又给李四一个耳光。

闻声而来的邻居们看到当前这一幕,认识李四的人纷纷议论开来:"这不是××单位的李四吗?怎么又发生这事了?"

李四想分辩,可有谁相信他?只好等派出所的人来了。

虚惊一声!经过调查后,不是李四所为,派出所人员还了李四清白。

可第二天在单位上,李四和508房女人不清不白的关系,还是迅速传开了。说是那女人的老公近段时间出差在外,李四早就和她有一腿了。

为了不让老婆生气动了胎气,李四认真检讨自己的行为,并表示今后小心加注意。这才免去老婆一顿臭骂。

也该李四倒霉,什么事都让他碰上了。

那是五月的一天下午,李四刚下班回来,车子骑到滨海路时,远远地就听到有人在喊救命。于是,李四加快了速度,很快就赶到了现场。

其实,现场有很多人,男人和女人。但是听到那妇女的呼叫时,大家你看看我我看看你,谁也没有下水救人的意思。李四顾不上许多,丢下自行车就跳到水里去。

落水的是一名三岁小孩,李四凭着良好的水性,一下子就找到那小孩。干净利索地把小孩救上岸来,守在岸边的人们发出了欢呼声。小孩的母亲更是感激涕零。

小孩只是多喝了几口水,并无大碍。女人从他手中接过孩子时,对他深深鞠了一躬:"谢谢!谢谢!"女人说不上话来了。

李四拿外套擦身上的水珠,连声说没什么。"快点,我送你们回家,要不孩子会感冒的。"并让女人坐在他的自行车后架上,送那女人回家。

这可不得了了,有人说那女人是李四的相好,那小孩子就是李四的私生子。因为那小孩和李四的长相很像,因为李四的相好想丢弃小孩,后来却阴差阳错地让李四给救了。

总结李四的为人,赞同的人占大多数。"李四是个病态十足的人!"人们总结说。没过多久,李四的老婆和他离婚了,李四也从原来那单位出来了。听说是到南方打工去了。

意　外

　　读大学的儿子小昆打来电话说,近日学校组织献血活动,他的血型是"AB"型。

　　儿子小昆只是说说而已,可父亲刘量却顿时涨红了脸。原来他和妻子梁红的血型都是"B"型,根据自己所了解的医学知识,小昆只能是"B"型或"O"型,绝对不可能是"AB"型的。

　　刘量头大了,当初梁红正和同学任涛谈恋爱,他算是"第三者"插足,取得梁红的好感。任涛最后知难而退,成就了他和梁红的爱情。

　　可目前的情况太令人大跌眼镜,看来,梁红和任涛分手时,已经怀着小昆。思索再三,刘量向梁红提出了质疑。梁红开始不同意再做什么血型检查,可经不住刘量再三要求,夫妇只好一起到医院做了检查。

　　结果一出来,夫妇两人的血型都是"B"型。就如刘量所知道的医学知识一样,梁红对他隐瞒了当初的重大事情。

　　一回到家里,刘量就对梁红大发雷霆:"你够可以的了,让我戴了20多年的绿帽子,你说,既然你知道怀着孩子,为什么还要和我结婚?"

　　梁红再三思考着,虽然她当初先和任涛谈恋爱,但她是保守型的女孩,也从未和任涛越过雷池,怎么可能怀着任涛的孩子再和刘量结婚呢?她知道此时刘量对她的怀疑是有道理的,对她发

火也是合情合理的。所以,尽管刘量大发其火,她也只是保持沉默。可这样一来,刘量对她的怀疑却加深了。

梁红自己也无法解释这个问题,她一边打电话叫小昆再验一次血型,一边忍受刘量对她的冷处理。

多么难熬的3天啊!3天后,小昆打来了电话,梁红虽然听不清楚儿子说话的内容,但她从刘量接听电话的表情中,看到了问题的严重性。

果然如此,刘量接完电话后,就把3天前熄灭的火重新燃烧起来:"你要不要自己问小昆,让他告诉你好了。"说着,就把手机丢给梁红。

不对,这绝对不可能!

但是,她的清白只能儿子能证明。于是,她向刘量提出让小昆做一下"DNA"鉴定,她不相信这事解决不了。

可儿子长大了,不能因为自己的猜测,让他有什么想法。刘量思量再三,决定自己去找儿子一趟。

根据医生的交代,那天儿子放学后,刘量拿着西瓜刀正在切西瓜,不小心划伤了小昆的手。刘量赶快给儿子包扎,并向小昆道歉,这才瞒过了小昆。

刘量拿着小昆的血样,到医院做了"DNA"鉴定,结果让刘量如坠五里云雾之中:小昆和他们夫妻俩没有任何血缘关系。

晴天霹雳!这么说小昆不是他们的儿子?

刘量强颜欢笑,就匆忙赶回家里。

经过刘量这么一说,梁红也惊呆了。虽然就此证明了自己的清白,但儿子不是自己所生的事实,又让她不知所措了。

对了,梁红突然想起来了,当年在人民医院妇产科生孩子的有5个妇女,生了5个孩子都是男孩,会不会……

她也只是想想而已,况且时隔20多年,她多么希望这不是事实。

冷静之后,夫妻俩急忙打车来到人民医院,经过一番查证,终于找到了当年一起在医院生孩子的5个妇女的名字。

看过5个孩子的老照片,刘量证实其中的一个小孩子长相和自己相似。并且,这女人和她是邻床,孩子的母亲叫曾莉。

好不容易在当地派出所的帮助下,才找到远在郊区的曾莉夫妇。

可是,他们的孩子不在家,夫妇俩虽然生活艰苦,但他们还是把儿子供上了大学,在西南一所大学读书。

刘量在佩服他们付出艰辛的努力同时,拿出小昆的照片让他们看。不看不知道,一看吓一跳:小昆的长相和曾莉相差太远了。

再看过曾莉儿子小明的照片,刘量却有似曾相识的感觉。

经过核实,小明和小昆都是2月16日18时出生的。那么可以说,22年前,小昆和小明就是当年抱错了!

两对夫妇不约而同向相反的方向奔去,曾莉夫妇去看小昆,刘量夫妇去看小明。

太不可思议了,刘量认定小明就是自己的儿子,相反,曾莉夫妇并不认定小昆是自己的儿子,因为从长相看,和他们夫妇一点也不像。

经过4个大人一番协商,决定做亲子鉴定。结果一出来,曾莉夫妇真的绝望了:自己抚养了22年的小明,竟然不是自己的儿子。看到刘量夫妇拉着小明的手不放,曾莉夫妇却不知自己的亲生儿子在哪,不禁悲从心来。

小明也是这样,当他面对这两位十分陌生的父母,却怎么也亲不起来。他的骨子里就认定曾莉才是自己的亲妈妈,而曾莉从此却要走向苦苦的寻子之中。

曾莉他们只能从当初在妇产科生孩子的另外3个妇女中,寻找自己的亲生儿子。前路茫茫,不知他生活在哪儿。

就在刘量夫妇要告别曾莉夫妇回家时,小明和小昆突然手拉手站在他们面前:"我们俩商量好了,就让他一错到底吧。你们想,我们都在熟悉的家庭中生活了20多年了,再换另一个生活环境,也许我们都不会适应。更重要的,曾莉妈妈要是从别的家庭中找到自己的亲生儿子,我们想,结果也会是这样的,而且还会伤害到别的家庭。既然错了,就一错到底吧。你们都是我们俩的好爸爸,好妈妈!你们说呢?"

4位男女你看看我,我看看你,突然都明白了。"就这么办吧!"4人同时发出会意的一笑。

请你做好最后一天

那一年,我力挫群雄,以绝对优势应聘到一家台资公司当人事助理。一开始,我便全身心投入到工作中,而且自我感觉良好。可是没几天后,这种新鲜的喜悦之情便荡然无存了。我不时有逃离监狱又进牢房的感觉:时间太紧,事务繁忙,没有一点自由空间,公司规矩又多。以前在港商公司懒散惯了,一下子无法适应这种环境。更要命的是,公司有三个经理,每件事都要向他们一一汇报,否则,另一个经理问起来,一定有你好受的。

就在这个节骨眼上,我犯了一个错误。台商协会通知总经理下午二点开会,当时总经理不在办公室,我便向另一个经理做了汇报。也许那经理是事不关己,高高挂起的心态,没有转告总经理,结果总经理没有接到开会的通知。第二天早上,总经理对我吹胡子瞪眼睛,狠狠责备了我:这点小事也做不好?

我何曾受过这等窝囊气?咱惹不起还躲得起呢。我拉开抽屉,拿出了辞职书,龙飞凤舞地写,准备送给总经理。老子不干了!

总管刘生拦住了我,并拿走我的辞职书,锁进他的抽屉里。因当时他是我的顶头上司,我也不好再说什么。

刘生抽了一根烟,眯起眼睛,意味深长地对我说:傅生,我知道你是能胜任这份工作的,也许他们错怪了你,你可以走人,找工作还不容易?但你不可以现在就走,你要是现在就走的话,那不是证明了你没有工作能力,是因为做不好让别人炒了鱿鱼?我跟你说,失去一份工作并不可怕,可怕的是好好的又背上一个不能胜任的罪名。不如做好最后一天吧,让他们满意了你再走。那时候你走是你炒了他们,而不是他们炒了你,别人也会说你有骨气。你说呢?

我细想一下,还真那么回事,便听从了刘生的劝告,忍住心中的愤懑,决心做好最后一天再走。

可是,第二天,我又出了个差错,把经理要批阅的文件送到总经理的案上。经理说我做事不细心,马大哈。

第三天,一份发给台北的传真打错了一个字,另一个经理说我太马虎,那个字要是款项的数字,那不就惨了?重打!

第四天,经理要我通知各部门主管到办公室开会,我又把五金部的主管给通知漏了,总经理毫不客气地数落我一番……

我清楚地记得,那是第十二天,我早早就做好了准备,当天的工作总有条不紊地进行着。那天,总经理也好,经理也好,他们交代的事情我都一一不漏地按时完成。临下班时,一切总算平安无事了。正在这个时候,总经理把我叫到办公室,笑着对我说:"做得不错嘛,年轻人就要这样,迅速改正错误,适应新的工作环境。其实呢,你很有悟性,照这样下去,前途无量啊!"无量个屁!有你这句话,我就可以脱离苦海了。

下班后,我找到了刘生,告诉他我已做好了最后一天,总经理还夸了我。刘生听完我的话,依然眯起眼睛说,你想要回那张辞职书吗?我笑着点点头。他也笑了,笑得有点狡诈:你能做好这一天,你就不能再做好下一天,再下一天,再下下一天……你已经能胜任这份工作了,干吗还要辞职,有病啊……

我又听从了刘生的话,终于没有辞职,每一天都让我当成是最后一天,做得好好的。如今,我还在这家台资公司做,而且在刘生走后,升任到行政主任,工作也越来越顺心了。

后来我仔细一想,恍然大悟了:我上了刘生的"当"了!能做好最后一天,为什么还要走?把每一天当成是你在这个单位的最后一天,并把这一天做好,你就不会觉得他们在故意刁难你。同时要意识到自己不足的地方,努力改进。当这一切都不复存在时,你已经是个充满自信的人,这样,你还辞职干吗?

朋友们,当你面对一个新的工作单位、新的工作环境,如果你因不满要走人时,请你记住:请做好最后这一天再走也不迟。

小羊儿，你慢点走

去年冬天，那是个冰雪封山的日子，我和好友斯沙到深山去狩猎。

我们这回的目的是要猎杀几只山羊，据说这东西在冬天很补身子的。接近午时，我们在一座大山岩壁前发现了三只山羊，它们倚石而息。斯沙说，这是一家三口。那只公羊站在岩石上，高扬着双角四处眺望着，两耳不停地摆动着，好像一个忠诚的哨兵在放哨。它的身后站着一只母山羊，它低着头不停地舔着一只刚出生不久的小山羊，而小山羊则正在一拱一拱地吃奶。

它们并不知道大祸已经临头，斯沙架起猎枪瞄准公羊。突然，机敏的公羊似乎听到什么动静，它头一扬，"咩咩咩"地大叫起来，便带着它的妻儿飞快地逃走。斯沙端着猎枪，跟着公羊的跳跃上下瞄准着。由于石头挡住了视线，斯沙一直不能准确射杀公羊。

眼看公羊就要逃出100米之外，超出猎枪的射程了。谁知它竟蓦地停下来，回头朝着我们看一眼。就在这个时候，斯沙的枪声响了。随着枪声公羊摔倒在地上，"咩"地惨叫了一声，就躺在地上不动了。母山羊猛地刹住脚步，惊恐地望着倒在血泊中的公山羊。但只是仰伏之间，没等斯沙装好枪弹，母山羊马上清醒过来，它扭头看一眼小山羊，就立即转身，绕过岩石向斯沙的枪口跑过来：它错以为敌人就在前面。

距离越来越近了,那母山羊使出全身力量拼命跳跃着,小山羊则跟在妈妈身后,以它稚气的姿态蹦跳着,神情十分惊恐。每当小山羊稍稍远离一点,母山羊就会停下脚步,等到小山羊快到它身边时,才继续向前奔跑。它每回一次头,都似乎是在告诫小山羊:孩子,快跑吧,这里太危险了!这时,我突然希望它们母子折回头逃走,不要再过来了。而它们却毫无知觉,朝着我们的枪口冲来。

近了,近了,越来越近了!我的心紧张地跳动起来。我突然情不自禁地大叫起来:"快往回跑!"以此希望能惊动它们。没想到这时斯沙的枪声响了,只听到"叭"的一声,那母山羊一头栽倒在地,但它猛地又从雪地里蹿起,扭头看一眼自己的孩子,提起那只断了的前腿,继续领着小山羊逃跑。可它只蹦跳几步又摔倒了,血从前腿和后胯流了出来。染红了周围一片洁白的雪地。

在母山羊第二次摔倒的时候,小山羊已经跑到它的前面,这是一个很好的射击角度。我看见斯沙已经装好子弹,把乌黑的枪口对准小山羊。我突然冲到斯沙面前,抓着他的枪管,厉声喊着:"不要打它,不要打它!"斯沙一双明亮的眼睛盯着我,目光里蕴含着不解、困惑和质问。

"我求求你,不要打死它了。"我边说边掉过头去,只见那满身是血的母山羊猛地挣扎着抬起头来,望着小山羊"咩——"的一声惨叫,声音是那样的悲怆和凄凉,揪人心肺。它的眼里含着绝望和恐惧,好像在说:"孩子啊,赶快逃命吧,妈妈已经不行了!"又像是在向自己的孩子作最后的诀别。这时,那只已经跑出很远的小山羊,听到妈妈的叫声,猛地站住脚,掉头向我们跑来。它不是朝着它妈妈的方向跑过来的。它不再是一蹦一跳而是急急地走回来,低着头嘴里咩咩地叫着。突然,它看见了我们,看见了对准它的枪口,不由得停下来,一双惊恐的眼睛望着我们,四条小腿颤抖着。片刻,它又直接向我们走来,而且越走越快,似乎早已把生死置之度外了。

这时候,我看见斯沙端着猎枪的手微微颤抖起来,并慢慢垂下了枪口。他仿佛在说:"你跑吧,我不打你了。"小山羊无畏地径直走向母山羊,走到妈妈身边时,它低低地发出"咩咩"的叫声,并把嘴巴贴在母山羊的头上。它像是在呼唤妈妈,催促妈妈站起来带着它逃命似的。

那临死的母山羊拼命地抬起头来,颤抖着伸出舌头,最后舔一下小山羊的嘴唇。它突然身子一挺,躺在地上不动了。临死时,母山羊猛地睁大了眼睛,望着眼前的小山羊不动了。

"叭叭",我骇然地发现斯沙朝着天空开了两枪,接着他扔掉手中的猎枪,双手蒙着脸,小孩子似的呜呜地哭起来了。

过了好久,我才回过神来,抬眼一看,我的天啊!那小山羊并没有被枪声吓跑,而是两条后腿站着,两条前腿跪着,紧紧偎依在母山羊的身边,它那小小的躯体也在剧烈地颤抖着。

我一步一步地向它走去,它惊恐地望着我,双耳平伸着。啊,眼泪,它在流眼泪!我清楚地看到它眼角下的一片绒毛被泪水浸湿了。我和它隔着母山羊的尸体久久相视着。突然,我鼻子一酸,也流下了眼泪。

夕阳西下,傍晚将近,我们离开了山谷。斯沙没有说话,我也没有说话。我们谁也没有心思去拿走我们猎杀的两只山羊。走了好远,我回头一看,那只小山羊还站在妈妈的身边,一动不动的……

我突然大声叫道:"小山羊,你慢点走吧……"

给娘回个电话

大伟当了三年兵,很想回家看看,娘很想他,也曾经叫他回家看看。这是大伟跟战友们说的,但大伟又说今年要转志愿兵,所以不想回去了。他打算给妈妈打个电话,告诉她自己不能回去的原因。

大伟所在的连队在祖国的西北部,交通很不方便,电话更是难得打一次。因整个连队也就只有一部电话,部队每次逢年过节,都会让战士们打一个电话回家,但每人只可打三分钟。每次大伟都排在最后,可最后还是没能打上。

这回刚好是中秋节,连长说了,大伟你一定要打个电话回去。三年了,老人家不知多么想念离别多年的宝贝儿子。我们需要一位好战士,但我们更需要一位娘的好儿子。这样,你才对得起含辛茹苦把你拉扯大的娘。连长知道大伟从小没了父亲,所以才这样对大伟说的。大伟被连长说得泪水在眼眶里打转,是啊,我该打个电话给娘,娘一定知道我要告诉她什么。

中秋节晚上,战士们都打完了电话,轮到了大伟时,连长大声叫道:"大伟,该你打电话了。"大伟迈着沉重的脚步走向电话机,电话未打先是泪流满面,握着话筒的手也在颤抖着。大伟拨了一连串电话号码后,就对着话筒说道:"娘,我是大伟呀,对,这么久没给你打电话?我……工作太忙了,对,我们的电话不好打,我们这里是边境,对,靠近外国,部队有纪律的……是,我知道,我一定记住您的话。让我感谢首长的关心？好,我一定照您的话去做。对了,娘,我今年不回去了,我现在是志愿兵,明年吧,明年我一定回去。好,您自己照顾好身体,我把电话挂了啊,好,我知道,您就放心吧……"

大伟还没有放下电话,一侧眼看见连长正附在他耳边听他打电话,脸一下子变白了。"大伟,你在跟谁打电话呀？别再瞒我了,军人最不允许欺骗,也最容不得不老实的人。你得跟我说清楚,到底是怎么回事,要不你今年就复员回家去。"连长生气地说。

原来,连长早就看出大伟从不往家里打电话,这其中一定有问题。于是,大伟刚刚要按电话号码时,他就偷偷躲在大伟身后,看他耍什么花招,果然被连长看出了猫腻。其实大伟什么电话号码也没按,他胡乱按了几下按键之后,就随便对着电话乱说一通——电话根本没打通。

这回大伟不"招供"也不行了,连长站在他面前,战友们全部围在他身边。"说吧,你当大伙面说说到底是怎么回事？"连长又发话了,"我们连队历来是先进连队,容不得说谎的战友。"

"连长,战友们,我本想永远保留这个秘密,可今天我做不到了。你们知道吗？我娘是个哑巴,即使我打电话了,她也听不见啊！"大伟泣不成声,"我娘生下我不久,不知得了什么病,突然哑了,一句话也说不出来。后来,连听觉也失去了,她也听不见了。我那狠心的父亲抛下我们娘俩,不知到哪里去了。娘把我拉扯大,还送我去当兵。娘的手语告诉我要怎么做,她的话只有我听得懂,她要我不要挂念她,在部队里好好服役……连长,请你们原谅我以前对你们的欺骗……"

听完大伟的话,连长一下子把大伟拥在怀里："好孩子,你娘就是我们大家的娘,她是天底下最善良的母亲,以后,我们一起去看你娘,告诉她,她有这么多儿子……"

"大伟……"战友们紧紧握住大伟的手,泪水溢满了他们的眼眶。此时,再说什么话都显得多余了。

"娘,我们会去看您的……"战友们对着东面大声喊道。

大爷的宝贝

大爷早年丧妻,无一儿半女,孤苦一人过日子。

大爷虽然生活清苦,但大爷在村里人的眼中却是很富有的。大爷早年上过朝鲜战场,回来后和一个邻村的姑娘结了婚。可那姑娘却在婚后的第二年,因难产而死。从此大爷没再婚娶。听说大爷有一件不可示人的宝贝,每每有人问大爷,大爷总是避而言其他。由此可见,大爷的宝贝一定是一件不同寻常的宝贝。有人揣测,大爷一定在朝鲜战场上,捡到什么值钱的宝贝。人们私底下议论大爷:守财奴,留下那宝贝给谁呢?

有好心人为大爷张罗着再婚之事,都被大爷一一回绝了。久而久之,再也没人为大爷操心了。

记得那是我刚上初中的一个夏天,在大人们的怂恿和诱惑下,我自告奋勇地冲进大爷的破房间,翻箱倒柜寻找大爷的宝贝。当我两手空空望着大爷房间发愣时,一声沉闷的叫声把我惊醒:臭小子,你们也想偷我的宝贝吗?你,你们……

大爷气得说不出话来,我不理解大爷话中的哀叹和酸楚,转身飞也似的逃离大爷的房间。身后,传来大爷深深的叹息。

从此,谁也不敢再去寻找大爷的宝贝,只是在饭后,略当聊资而已。但大爷宝贝身价倍增,其珍贵程度,不是一般人可想象的。后来,人们也暂时把大爷的宝贝给淡忘了。

大爷出门去责任田劳作时,房门总要上两道锁,而且经常在院子里撒点白灰粉,以防不测。当时民风还好,人们不只是尊重他是志愿军,而且尊重他的为人。每当村民有难,大爷总是慷慨解囊,有求必应,把政府给他的补贴拿来救济他人。他常说,我一个人饿不死的,乡里乡亲的,只要有难尽管说,不必客气。人们对大爷更加敬重了。

就在我要上大学那年,大爷把我叫到跟前,语重心长地对我说,我是有宝贝,这宝贝比世界上任何东西都珍贵,但我不能告诉你,总有一天,你们会知道的。大爷说着,把他仅有的50元塞在我手里。好好读书,心思莫歪,将来做个有用的人。

因了大爷这句话,我品学兼优,一有怠慢,大爷的话总是会在我耳边响起,催我奋发。

之后,我也经常回家看看大爷,但没有再提起他的宝贝。

那年冬天,母亲来电说,大爷不行了,要我赶快回家。当我赶到家里时,大爷已奄奄一息了。

看到我到来,大爷挣扎着坐起来。土豆,有出息,大爷疼你,值!大爷叫着我的小名说。土豆,扶我下去,拿我的宝贝。大爷又说。

母亲和我四目相对,不知大爷临死前还要搞什么名堂。我扶着大爷来到东间房墙边停下,大爷指着墙脚对我和母亲说,我的宝贝就在那……

这时,我才发现墙壁上有个明显的痕迹,顺着那痕迹一按,墙

土就落下来了，里面有个小墙柜，柜子里有个精致的小木盒。我把小木盒拿给大爷，大爷说，宝贝就在这里面。

大爷手捧着小木盒，就像抱着一个十代单传的婴儿。他小心翼翼地打开了小木盒，我和母亲都惊呆了：里面只有一件旧时女孩穿的红肚兜，除此之外，什么也没有了。这就是大爷的宝贝？

大爷流着眼泪说，这是她走时留下的，45年了，她天天陪着我。如今，我也要走了，请你们把这件衣服放在我的棺材里，让我带走吧，我们再也不分开了……

三天后，大爷安详地走了，在生命的最后一刻，他还把那件红肚兜紧紧攥在手里。安葬了大爷，我的心情一直很沉重，不知是为什么。

民工一凡

碎石场上，尘土飞扬，几台碎石机争先恐后地嘶鸣着，似乎非把人的神经折腾崩溃不可。

一凡是负责运送石头的，他吃力地推着铁斗车往架子上的碎石机上送石头。炎热的天气，他的脸上除了汗水就是汗水。安全帽下，被粉尘和汗水的混合物遮盖了他的本来面目，只有两只还在转动的眼睛让你认得出他还是一个人。

工地上热火朝天，活儿脏且累，民工们都是光着膀子干活的，下身要么随便扎一条短裤，要么穿着内裤工作。只有一凡例外。他穿着厚厚的工作服，把浑身上下包裹得紧紧的。汗水早就湿透了,加上粉尘的附着,他那件工作服已经分不出颜色了。

负责碎石的两个师傅叫黄狗和柱子,都30多岁了,粉尘把他们的肤色变成了黑白相间的雕塑。黄狗的声音很大,就算是休息的时候也是这样的,大概是在石场上练出来的吧。几台碎石机此起彼伏地轰叫着,不大声叫喊谁也听不到。柱子很少说话,默默无闻地做着他该做的事,只是不时用复杂的眼神朝一凡看几眼。

终于等到休息时间了,黄狗站在碎石机上,拉开裤子掏出家伙旁若无人地放水。柱子哼了一声,什么德行？黄狗轻蔑一笑,又没有娘们,怕什么？

黄狗话一说完,就转身到开水桶用水瓢舀了一瓢往嘴里送,滴在胸前的水痕,犹如山上的沟壑,划出轮廓来。

喂,一凡,我说你真是有病,大热天的,你却穿这么厚的衣服,不怕被热死？黄狗对一凡喊道。

我不习惯脱衣服干活。一凡说得很小声。

怪人！你以前在哪个石场干过？

一凡说出了一个石场的名字。

哦,这地方我知道,前不久有个陕西的被炸死了,听说老板跑了,目前问题还没解决吧。

一凡嗯的一声,没再说话。

这活不是人干的,老子过了年也不想干了。黄狗狠狠地说。

柱子说恐怕到时候拿不到钱,你不干也不行了。

老子不是好欺负的,大不了跟他拼了。

柱子说吹牛,你去跟后山的桃花拼吧,哈哈。

后山,是石场民工的宿舍,宿舍边有一间小店,卖着烟酒什么的。老板娘就是桃花。听说这桃花是公共厕所,只要有钱谁想蹲都行。黄狗和一些民工就经常在桃花那消费。

我说一凡,改天带你去轻松一下,我介绍的,一定优惠。像我们这种命的人,今朝有酒今朝醉,不知哪天就死了,得好好享受享受。

家里欠钱,我不去。

那你不是爷们了,来,掏出家伙来看看,看看是不是阳痿。黄狗说着就要去拉一凡。

一凡惊恐地退到一边。无聊,你再过来我就跟你拼了。一凡手里抓着一块石头。

柱子站起来挡住了黄狗的去路,人家才来几天,你要么今天搞这明天搞那,烦不烦哪。

趁着这机会,一凡说要上厕所去,黄狗在他背后又是一阵大笑,像个娘们,这么大石场没有半个娘们,哪里不是厕所?伸手一掏多方便,脱裤子放屁,多此一举。

柱子说你管得太宽了,这是人家的自由权嘛。

好不容易挨到下午6点,终于可以下班了。一凡骑上自行车,朝家里驶去。

黄狗每天以粗言野语刺激一凡,要么要和一凡扳手劲比输赢,要么要脱裤子比家伙,每次都是柱子给拦住了。为此,一凡在休息的时候,总是离黄狗远远的。

一凡没在民工宿舍住宿,而是租住在离石场二里地的一个小山上。柱子每天目送一凡下班离去,发呆地望一会儿。

有一次,黄狗在破石的时候,不小心碰掉了一凡的安全帽,看着一凡屁颠屁颠跑着去捡安全帽,黄狗在一旁偷偷笑着。像个娘们的头,小子。

这一天破碎的石子比较多,大家忙到下午7点多才收工。天色已晚,一凡骑着车子也看不清前面的道路了,他只好推着自行车走回家去。

快到家门口时,有个6岁左右的小孩子冲上前来,大声叫道,妈妈,我饿了。

孩子,我马上给你做饭,今天赶工,晚了点,别闹,饭很快就好了。一凡一把搂着孩子,安慰着孩子,泪水却无声地落下来。

过了一会儿,一凡关上房门正要做饭,突然门外响起了敲门声。一凡问是谁,门外回答说是黄狗和柱子。

一凡犹豫了一会儿,还是把门打开了。

昏暗的煤油灯下,一凡看到黄狗和柱子各提着一大袋东西,放在一凡桌上。

这?你们这是为什么?一凡不解,并防备着往后退着。

嫂子别怕,我们没有恶意,你也别再瞒我们了。你是个女的,而且还有个小孩,到底是为什么?那么累那么脏的活你也要干?你知道那地方不是女人可干的。黄狗和柱子异口同声地说。

既然你们都知道了,那我就告诉你们吧。接着,一凡流着眼泪说她的痛苦经历。

原来一凡不是她的名字,她叫王小芳,一凡是她丈夫的名字。三个月前,同样是在碎石场工作的一凡在洗炮时,为清洗一口哑炮被炸死了。老板得知消息后,跑了。虽然老板后来被公安局抓住了,但一凡的赔偿和善后事宜还未解决。为了等到那最后一天,小芳只好剃发为男,在碎石场上上班,为的是一边挣钱一边可以随时询问一凡的事情进展情况。

"孩子要读书,学费还没有着落,一凡的事情也没有结果,我能回去吗?他死得好惨啊,我必须为他讨回公道。所以,我只好用一凡的身份证,到石场上班。为了掩饰自己的女人身份,我也只好剃成小平头,穿着工作服,和你们一起上班。平时也不敢多

喝水,怕小便。我最怕的是,老板发现我是女人后,会不让我上班的。"

黄狗低下头来,大嫂,我以前对不起你,请你原谅,我保证老板不会发现你是女人,让你继续上班。

柱子说,我早就知道你是女人了。至于你为什么要干那么重的活,我就不清楚了。所以,我经常跟踪你。今天晚上,我和黄狗说要带他来你家里,他就半信半疑地跟我来了。

黄狗指着桌上的东西说,这是我和柱子买的烤鸡和面包,你和孩子就改善一下吧。

柱子拿出200元钱,放在小芳手里。我们没有更多的钱,希望这点钱能帮你点什么,表表我们的心意。我们走了!

说完,他们快步走出小芳的房门,往石场走去。小芳望着他们的背影,突然大声叫道,我这里有瓶酒,正要感谢你们呢,喝完酒再走吧!

不了,嫂子,早点休息吧!

远处,传来了黄狗和柱子的回答。

从小事做起

刚来深圳时,我一时找不到合适的工厂,最后只好藏起大专文凭,屈尊进一家塑胶厂做杂工。我的工作是把一堆废塑胶袋按颜色分类,并打包好。

这工作很累又很脏,一天十几个小时工作下来,浑身都散架了。夜深人静的时候,我掏出毕业证书,心中很不是滋味,真想把这张毕业证书扔在垃圾堆里,这工作适合我吗?准备跳槽了。

我工作的组长是个三十几岁的河南人,只有他知道我的苦楚。堂堂一个大专生干杂工,确实是"屈才"了。那天,他看到我还是沮丧地处理手头的工作时,就很耐心地开导我:"小伙子,我知道你心里难受,但你要知道,你的大专文凭只是证明你曾经的过去。但在这个塑胶行业里,你甚至不如一个小学生强。不要以为自己受委屈了,从每一件小事做起,并把它做好,你就是一个难得的人才,否则,你就是一个庸才。"组长的话让我一下子醍醐灌顶了。是的,先把每一件小事做好再说。

从那以后,我不再怨天尤人了。从香港拉来的塑胶袋味道实在是难闻,我也忍住了,并很认真地分类好。别人大都是蒙混过关,反正不是计件工资。组长在的时候,就应付一会儿。组长一走,马上丢下手中的活儿吹牛聊天。组长是个精明人,什么事都看在眼里。那时候,我们的工资是由组长评定的,然后送交给经理批示。经理一般都按照组长的意思,不会多大改变。就这样,每次到了月底,他们都没有我的工资高。我知道这是组长对我的偏爱,也是我努力的结果。

工余时间,别人都在疯玩、打牌、逛商店,我则把自己关在闷热的宿舍里,练笔投稿。一段时间后,我终于有了回报,文章频频见诸报刊。

在那段艰难的日子里,我始终相信,只要自己是块金子,总有发光发热的一天。过了几个月,命运终于垂青于我了。七月的一天下午,天气很热,工友们都在休息,吹风扇,只有我独自一人还在细心地打包,连经理走到我跟前我都毫无知觉。"你就是友福吗?为什么别人休息你还在干活?"经理问我。我抬起头来,擦

了一下额头上的汗水,不好意思地回答:"我的事情还没有做完,所以不能休息。"经理又问组长:"这就是那个大专生吗?"得到组长的肯定后,经理微笑着点点头。"我看过你写的文章,很不错嘛。这样吧,明天上班后你到写字楼找我。"原来,当天有我的一篇文章发表在深圳晚报上,平时喜欢看报的经理正好看到了我的文章。这时,一听完经理的话,我简直不敢相信自己耳朵,我的杂工生活真的就这样结束了?

第二天,经理就把我调去当人事部主管。我只用几个月的时间,就完成了从蓝领到白领的质的飞跃。现在,每当我在教育我的下属的时候,我永远也忘不了当年组长告诫我的话:从每一件小事做起,并把它做好。

县长的女人

贾县长入狱后,亲朋好友个个离他而去,连最亲近的老婆,也带着女儿和他离婚了。贾县长成了孤家寡人。

但从贾县长入狱后的第二个月起,每个月都有一个女人来给他送烟送钱。女人特别交代说,一定要送到贾县长的手里,然后依依不舍地离去。问过贾县长,贾县长闭口不语。指导员想,他在抗拒改造,要不,就是还有什么罪证没有交代清楚。明明有个女人还在念着他,他为什么说没有亲戚?

指导员来到县长的号子里,耐心地问他:"贾先生,那个女人和你有什么关系,为什么她每个月都给你送东西?你要告诉我,这才不会妨碍你的立功表现。"

"我还有什么女人？妻离子散,谁还会看上我这个阶下囚？你不用问了,她应该送错人了。"贾县长说。

"不可能,她指名是送给你的!"指导员强调说。

贾县长想了又想,就是没法得出结论。是以前一夜风流的女人还记着我,还是其他远房的亲戚？经过一阵思索,没有,绝对没有。大家怕受连累,早就避而远之了,没有谁会突然在我落难的时候想起我的。对了,一定是指导员编造的谎言,想从我口中得到一些他们尚未知道的线索？好像也不太可能,我已经没有多少时日了,该交代的,我也交代完了。可她到底是谁呢？她为什么要这样做？

指导员就不信打不开这个突破口。有一次,那个女人又给贾县长送东西来了,指导员马上把女人叫到办公室。先是动之于情晓之以理,让女人自己说出来。

女人有点害怕,但她还是在指导员的开导下,道出了事实的真相："是这样的,3 年前的一天,镇政府在兴建办公大楼时,把我家的房子给推平了。当时说好每平方米赔多少钱,并为我家另找一个宅基地。但是,镇政府并没有兑现诺言,我和家人成了无家可归的人了。我曾经找到政府很多相关人员,他们你推我,我推你,就是没人给解决。后来,我老公写了一份报告,要我到县里找领导去。

那天我到县里,问谁谁都不理,没人管我的事。就在失望的时候,正碰上贾县长要外出办事。我在电视上看过他,知道他是县长。我送上报告后,贾县长二话不说,马上在报告上批示了。就这样,我家的房子终于得到了妥善解决。

他是我们的大恩人,在他当县长的时候,风光得很,我们不敢

去打扰他,人家也不一定能记得我。如今,他是犯人,我想我们应该报答点什么。再说,他的亲人都离他而去了。"

问过贾县长,他只是模糊记得有这么回事。那天正好是省里有位领导来视察,那女人又不依不饶把他拦在办公室。他只好大笔一挥,在她的材料上签了"同意"二字。可他并不知道他签的是什么材料啊!

军　魂

"一、二、一,一、二、一,一二三四……"训练场上,喊声震天,部队的首长们正坐在主席台上,观看我们训练比赛。我们排在三排长的带领下,一丝不苟,上下一条心,终于取得了总决赛的第一名。

战士们得到这个消息后,欢欣鼓舞。

那天晚上,刚接家里的来信,浓浓的思乡之情,使我一时没了睡意。我索性披衣起床,来到后山上,不远处传来几声哭泣,我突然看到山坳里有一堆火光。我走近一看,发现一个军人跪在那里,月光下,他脸上的泪花分外晶莹。

发现有人来,那人缓缓地站起来。啊,是三排长!我惊呆了,走上前去握住他的手,不知道发生了什么事情,也不知道说什么好。

三排长见我疑惑不解,就从口袋里掏出一张皱巴巴的电报来,借着淡淡的火光,依稀可以看到上面写着:母病危,速回!

三排长流着眼泪说:"本想等训练完毕回去,可母亲没能等到我。你可知道,母亲这一生很苦啊,我却在她生命的最后时候,也没能看她一眼……"

此时此刻,我也流泪了:"三排长,你为什么不早说……"

"军人的神圣事业是什么?服从命令,保家卫国!"三排长说。

我沉默了。三排长的老家在大别山区,父亲去世后,他和母亲相依为命。母亲把他拉扯大之后,又送他去部队当兵。这一离开,就是整整6年啊。母亲是他唯一的亲人,如今,母亲却……

三排长擦拭一下脸上的泪水,紧紧握着我的手说:"如果母亲地下有知,她会原谅我的!"

我再也说不出话来,扶着三排长,轻轻地走下山来。山川无语,只有清清的小溪,一路欢畅,直到大海。

"自古忠孝难两全!"我深深理解了这句话的深刻含意。

那年夏天,长江洪水告急,部队奉命开往抗灾前线。

我们排已经坚持了三天三夜,洪水还没有退下去,江下游几百万群众的生命财产,受到了严重威胁。三排长立下军令状,身先士卒,坚持在抗洪前线。

洪水越涨越高,已经超过了警戒线几十厘米。三排长一边指挥战士们抢险,一边站在最危险的水位处。

一个浪头打来,战士们往岸上挪动一下,又一个浪头打来,一个战士被洪水卷走了。一班长马上组织人员抢救,但是,水急浪高,那战士一下子就消失在洪水里。

三排长一声吼叫:"都上岸,让我来!"他连衣服也顾不得脱,一下子扎进洪水里。

好险!三排长终于把那名战士救上来了。可三排长由于力气用尽,躺在江堤上,昏死过去了。

洪水稍稍有点回落,三排长虚弱的身体还没完全恢复,又回到江堤上来了。看着他,战士们的眼睛都红了。

老百姓的房子有的还没进水,洪水一回落,就有人回来抢救一些家具什么的。三排长除了指挥战士们帮助老百姓外,更要求战士们注重老百姓的人身安全。

那天下午,又一个洪峰到了,老百姓尽快往江堤上退。但是,还是有人落伍了:一个抓着两只鸭子的大妈,被洪水冲走了。

正在断后的三排长见此情况,二话没说,脱下军装就跳进波涛汹涌的洪水里。

岸上的战士们发现后,急忙把绳子丢给三排长。这时,三排长终于拉住了大妈的上衣,把她往岸上拖。可是,因为风大浪高,三排长刚刚要靠岸,一个波浪又把他打走。如此往返了三次,三排长已经筋疲力尽。这时,一个伟大的壮举,呈现在战士们眼前:三排长解下身上的绳子,绑在大妈的腰上。

"拉,往上拉!"风雨中传来了三排长的呼叫。

大妈终于被拉上来了,战士们马上再把绳子丢给三排长。但是,三排长虚弱的身体已经没有多少力气了,怎么也靠不上绳子的尾部。这时,一排浊浪铺天盖地地冲来,三排长瞬间就被淹没在洪水里。

大浪过后,没了三排长的踪影。战士们轮流下江打捞,还是不见三排长的踪影。

"三排长!三排长!三排长!……"战士们惊天动地的呼声,再也唤不回他们心爱的排长了。

第二天早上,战士们在6公里外的沙滩上发现了三排长。三排长双目微闭,一副沉睡如酣的模样。也许,他回到母亲的怀抱里了。

三排长就这样走了,没有留下任何豪言壮语,战士们把他厚葬在四季常青的后山里。

三排长下葬这一天,前来送别的老百姓整整排了二公里。

当天晚上,我抬头望望天空:圆圆的月亮正发出银色的光辉。我想,填补月亮亏损的,有一块是铁骨铮铮的军魂!

清　白

南下打工4年多来,阿红从未回过一趟家。阿红知道,苦了大半辈子的父母就指望她了。她不敢怠慢,努力地工作着。但是,思乡的情愫还是无时不刻在吞噬着她。

今年中秋节,老板特地给她放了10天假,让她坐着飞机回去看看家人。阿红立即把这个特大喜讯告诉家人,她在电话里说:"爸,我要坐飞机回去了!"

"女儿呀,你要回家看看,我们打心眼里高兴。可你千万别坐飞机,更不要打扮得花枝招展,在乡亲们面前,凡事要谦虚点,万万不可摆洋气。孩子,我知道你心里很苦,这几年,你在外面受尽了凌辱,我们……可是孩子,这也是没办法的事啊,谁叫以前咱家那么穷?爸对不起你啊……"爸爸的声音有点哽咽。

"爸,你,你说什么呀……"阿红再也说不下去了,连老爸都这样认为,我,我还能说什么呢?

阿红在一家台资厂当业务主管,月薪有5000多元,她把这钱大部分寄回家里去了。父母用她寄来的钱盖起了全村第一栋小

洋楼,而这栋小洋楼,却成了她在南方的一切罪证。

阿红擦干眼泪叹了一口气,她退掉了飞机票,放弃了回家的念头。有家不敢回啊!可这也不是长久之计呀!这,有谁说得清呀!

忽然,她想起了家乡的两个堂妹,上次她们打电话说要来深圳打工,由于自己业务太忙,一时没有答应她们。对了,这次就让她们过来看看。

几天后,两个堂妹来到了深圳,阿红马上把她们安排在业务部上班。经过一段时间训练后,她们每个月也可以拿到1000多元的工资了。两个堂妹很感激她,但阿红没有作声,一笑置之。

只要努力,谁不会拿到高工资?想要钱?付出你的努力就行了。阿红心里说。

不久,阿红为厂里拉到一批大订单,使工厂效益增加了一倍。老板高兴之余,除了给她一笔数额不小的奖金外,还请她和几个高级主管到酒店用餐。酒足饭饱回来,阿红立即被两个堂妹团团围住了:"红姐,我们真佩服你,不过今天说什么也不要保密了,快教我们两手吧,给我们讲讲……"

阿红微微一笑:"平时认真点,多看多学,不耻下问,谁都会有成功的一天。"

"不,不是说这个。"

她们回头看了看正在往办公室走去的老板:"你到底是用什么方法抓住他的心的,是不是……是不是用这个呀?"

堂妹用手指了指自己的胸部。

"你,你们都想到哪去了,天啊!"阿红想分辩,却不知怎么分辩,也没什么好分辩的。她觉得再有力的分辩也无济于事。

"天啊!这世界到底怎么了?"

阿红好像是问自己,也好像是在问别人。

泪水,顺着她的腮边流下来了,模糊了她苦涩的双眼。

母爱的存单

一向品学兼优的高三学生刘董,近来学习成绩一落千丈。母亲很是担忧,照这样下去,别说重点大学,连普通高校也没有希望了。

原来,刘董知道家里为了供他读书已经一贫如洗了,就算他能考上大学,家里也拿不出那笔高昂的学费。同村的小春就是这样,到头来还不是南下打工去了。所以,他想现在就放弃,到时候考得不好还不至于捶胸顿足。

这天下午,刘董放学回家,看到母亲和父亲在窃窃私语。奇怪了,他们在干什么?看到刘董到来,母亲高兴地对刘董说:"董儿,我们有救了。你小姨从美国给你汇来了5万元人民币,这下不用担心你上大学的费用了。以后你安心读书好了。这不,今天下午你爸把钱都存好了。"母亲说着,两眼放光,并把存单拿给刘董看。

刘董接过存单一看,户头上写着父亲的名字,日期就是今天。没错!是5万元人民币。上个月,刘董就听母亲说有个小姨在美国工作,生活过得不错。只是好久没有联系,看来,母亲是和小姨联系上了。母亲又说:"小姨说如果你今后学习上有困难,她会想办法帮助你的,要你好好读书,争取考上好的学校。"

但刘董还是有点怀疑，为什么以前没听说过有个小姨？但她高兴地点点头，有总比没有好。从此，刘董开始奋起直追，很快就赶上优秀的同学。第二年高考时，刘董得了全校第一的好成绩，进入一所名牌大学学习。

放寒假了，刘董回到家里，当他问起远在美国的小姨时，母亲流着眼泪对他说："董儿，你哪有什么小姨在美国工作？那是妈骗你的！那张5万元的存单，是你爸爸从假证贩子手上买来的。为了让你好好读书，妈只好出此下策，要不，你今天哪能考上名牌学校？你上学的钱，全是你父亲卖血和下煤矿挖煤得来的。你要好好读书啊！"

母亲尚未说完，刘董就"扑通"一声跪在父母的面前，泪流满面。

镇长母亲过生日

春风镇是个穷镇，来了几任镇长都没干多久就溜走了，捞点油水都困难，谁还愿在这里浪费青春？结果穷镇还是穷镇，丝毫没有改变。这回新来了个刘镇长，30多岁，听说是个大学生，为人正直，是个实干家。民众感叹道：又是个要钱的镇长了。

刘镇长来了之后，就下乡到各村调查民情。当他看到村民们艰苦的生活时，竟感动得流下眼泪。

村民们说，装腔作势！哪个镇长刚来时不是这样？

刘镇长每到一个村，村干部都想办法设宴款待，尽管村里的小学教室快要倒了。特别是文山村,山高路陡,是穷镇中最穷的村子。

刘镇长了解到,文山村有5个上了大学录取线的学生家里,正为孩子上学的费用发愁。望着村干部摆上满桌丰盛的菜肴,刘镇长照样大吃大喝起来,并连声叫好。

好吃镇长!这是村民们送给他的绰号。

回到镇上没几天,刘镇长突然叫秘书小王印制请柬,说是要为60大寿的母亲过生日。消息一传开,村民们叫苦不迭,换来换去却换来个更贪的镇长,不仅吃,还要捞。大家无奈地摇摇头。

镇里的所有干部和各村的干部,都在同一时间里接到了刘镇长发出的请柬,时间就定在5月1日。抱怨归抱怨,这喜酒还是要去吃,要不哪天被刘镇长涮下来自己还不知道是怎么回事。

5月1日这天,镇政府热闹非凡,一共摆了40多桌酒席。过了一会儿,众人陆陆续续来了,分别坐在镇政府大院里。大院门口设有专门接待处,秘书小王和副镇长负责登记来客红包。

中午12点,众人都到齐了,刘镇长宣布宴席开始。等菜一上桌,众人马上傻了眼:桌上只有两盆青菜,一盆稀菜汤,更别说有酒了。收了那么多红包,这也叫请客?太黑心了。大家怨声载道。但是,谁也不敢高声抱怨,谁叫人家是镇长呢?

过了一会儿,刘镇长来到众人中间,挥挥手对大家说:"大家请随便,没什么好招待的,请大家原谅。另外,待会儿大家用餐后,我还有重要事情宣布,请大家先别走。谢谢大家!"

刘镇长话音未落,人群中马上引起一阵小声议论:没有吃的,没有喝的,还要训话?这是最贪的一任镇长,小气到家了。用这家常饭菜掏走我们多少红包?天下乌鸦一般黑,哪个当官的不是这么贪的?只是花样一个比一个厉害,一个比一个贪心。

花了冤枉钱本想大餐一顿的干部们私底下吹胡子瞪眼睛,恨得咬牙切齿,忍气吞声吃完了这餐没有一滴酒的"喜酒"。正埋怨间,刘镇长笑容可掬地来了,他拿着一个本子对大家说:"这是大家送给我母亲过生日的礼金统计本,最高的有 500 元,最低的也有 50 元。在这里,我先谢谢大家了。今天是我母亲的生日没错,同时,今天也是劳动者的节日。我想我们共同度过这个节日,是很有意义的。"

底下人更骂,假斯文的大贪官!

"我叫小王统计了一下,大家送的礼金一共是 76350 元。这可不是一笔小钱呢!它可以支付 5 个大学生踏入高校校门的费用,它还可以把那摇摇欲坠的小学教室重新修理一番,它可以让 1000 亩农田追一次肥等等。我们之所以穷,就是因为我们不团结,我们的干部不用心,我们的村民对干部失去了信心。这样上下脱节,怎么能把我们的生活搞好呢?"

"现在我决定:今天我所收到的钱,全部送给文山村 5 个考上大学的家庭,让他们顺利进入高等院校。在此,我再次感谢大家,希望今后我们镇无论是办什么事,都要像今天这样积极。这样的话,上下一条心,我们镇还会再穷下去吗?"

刘镇长讲完了话,人群中先是一阵沉默,继而突然爆发出一阵猛烈的掌声,这掌声经久不息。

顺　子

18岁的顺子长得人高马大,英俊的脸上总是露出甜甜的笑容。上高中那会儿,顺子身边总是跟着一个叫甜甜的女孩。甜甜和顺子是同村的,一起上学一起回家,一起踏着山村的晨曦,一起去探索外面的世界。甜甜跟在顺子身边,就总有笑容在脸上荡漾开来。

可惜的是,他们都没能考上大学,都回到了村里。在家闲着的时间,让初恋的美好占据着。后来顺子当兵去了,而甜甜则南下打工。

虽然他们天各一方,每月的书信来往却从未间断过。两年后,甜甜的书信突然中断了,电话也打不通了。顺子有点失落,在军营里常对着夜空发呆。但顺子知道,甜甜真正长大了,她应该选择属于自己的人生。

复员回家,顺子也在打听甜甜的消息。听说甜甜在一家公司当上文员,又听说甜甜谈上了男朋友。顺子在心中为甜甜默默祝福,只希望她能过上好日子。

有一天,顺子接到一个电话。接完电话后,顺子一个人发呆了很久。没过几天,顺子就告诉父母,说是要到南方打工去。他说他的战友为他找到一份保安的工作,工资待遇也不错。复员回来后,还没有到过南方看看呢。

顺子的父母说什么也不让顺子去,他家再也不是以前一穷二

白的家了。这两年父母靠养殖致富,成了村里首屈一指的富户。况且,家里的养殖业,很需要顺子帮忙。但是,顺子很执着,他说服了父母,背起行囊踏上南下的火车。

顺子走后,人们都说顺子有福不会享,放着家里舒适的日子不过,去给别人当什么保安。子大不由父,女大不由娘,父母再割舍不下,也只得任由顺子去了。

两年后,顺子回来了。顺子的身后跟着长成少妇的甜甜,甜甜的手上抱着一个才几个月大的女孩。不用说,顺子和甜甜好上了,而且他们的爱情有了结晶了。这时人们恍然大悟了:当初顺子是奔甜甜而去的。

顺子刚回到家,就和甜甜到镇上领了结婚证,并补办了轰轰烈烈的婚礼。顺子和甜甜的婚礼上,他们的小女孩成了人们争相一睹的小人物。

"这小孩不像顺子,你看这眼睛,这嘴巴,完全不像顺子。"突然有人这么说,而且是当着大家的面。

这消息象黑色的精灵,顿时在小山村里炸开了。人们本想看看顺子和甜甜如何反应这事,却没想到顺子却幸福地拥着穿着婚纱的甜甜,没事似的走入了洞房。

"小孩不像我能像谁呢?真可笑!"顺子乐呵呵地和人们打招呼。

一天晚上,顺子找到了一起和甜甜去打工的同村邱大姐,只听到顺子再三盼咐邱大姐,让她一定保密,至于要她保密什么,谁也不知道了。

第二天,邱大姐特地来到顺子家,当着很多人的面抱起小女孩:"谁说不像顺子,有板有眼的,一半是甜甜一半是顺子的。像极了。"

顺子和甜甜感激地望着邱大姐，邱大姐又说："我还是他们的红娘呢。"

顺子抱着小女孩逗笑说："快叫爸爸，快叫爸爸，我等到不及了。"

甜甜在一边甜甜地笑着，随即转过身去，偷偷擦拭着眼角。

都是为了爱

夜已深，刘娟写完论文后，关灯睡下了。她是本届自动化系的毕业生，论文通过后，就可以走向新的工作岗位。

蒙眬中，刘娟感觉门闩动了一下，她没在意，继续睡去。过了一会儿，门闩又动了一下，似乎门也开了。但她感到太困了，眼皮就是睁不开，终于又睡了。

直到一个粗犷而低沉的声音在她耳边响起，她才一惊坐起来。昏黄的床头灯下，一个蒙面人站在她面前，手里拿着刀。刘娟这一吓非同小可，冷汗直往下冒。这分明是小偷上门了。

坐好，不许动，要不，我的刀子是不认人的。蒙面人对她说。接着，蒙面人又用枕巾绑住她的双手，用一双袜子绑住她的双脚，然后把她丢在床上。

完了，许多不祥征兆在脑海里浮现。这小偷劫色的事并非一次，早就听人家讲过了。报纸电视上也看过不少，既然他敢来，就是玩命的主儿。翻箱倒柜，蒙面人终于找到刘娟藏在柜子里的400元钱。

还有吗？不说我就……蒙面人比画着刀对刘娟轻声吼道。

真的没有了，我是一个学生，还没有毕业，还用家里的钱呢。刘娟镇定下来，对他说。我家里很穷，父亲为了让我上学，在煤矿里挖煤，这不，他刚摔断了腿，还在医院里抢救呢……刘娟说这话时，变成了低声哭泣。

蒙面人不说话了，眼睛却一直在房子里搜寻。这时，刘娟借着微弱灯光，猜得出这小偷年纪不大，顶多也就20多岁。另一个发现是，小偷拿刀的手在发抖。刘娟很快就判断出：小偷本质还不算坏，好像是初犯。

她轻声问蒙面人要不要喝水，蒙面人瞪了她一眼，但手上的刀明显地垂下来了。刘娟继续说："我想你一定碰到什么难处，要不像你这么年轻的人，是不会做这样的事，走上这条不归路的。你要是真有困难，我也会帮你解决的……"

"我要钱，没有钱，日子就没法过。什么也别说了。"蒙面人气冲冲地说，"有钱赶快拿出来，没钱，别怪我不客气……"

"那你急需要钱为了什么？救人，还是？你能告诉我吗？"刘娟又小声问道。

蒙面人开始并不说话，过了会儿，他才告诉刘娟事情的经过：

他的父母10年前在一次车祸中双双去世，家里只留下他和妹妹相依为命。为了供妹妹读书，他只好来到这个城市，在建筑工地打工，一边打工一边照顾妹妹。母亲临死时告诉他，一定要让妹妹完成学业。现在妹妹已经快毕业了，前几天他找老板结工资，谁知黑心的老板夹着工程款跑了。他的工钱有10000多元，全都泡汤了。可妹妹读书时欠下了5000元，人家正逼着要，加上妹妹目前还要花钱，他只好铤而走险。他向母亲保证过，一定不让妹妹中断学业。经过几天来的踩点，他发现刘娟自己一个人租着房子,正是下手的好机会。今天晚上,终于等来了机会,刘娟睡下后,他才撬门进来……

"你妹妹在哪个学校读书?你能告诉吗?"刘娟又问。

"城东经贸大学。"蒙面人迟疑一下说。

"是不是叫……"刘娟轻轻地问着。

"叫李红梅,你认识她?"蒙面人忽然感到有点惊奇。

刘娟告诉他,她不但认识,而且李红梅也是她的好姐妹。她们同在一个学校,平时玩得很好。"你要不信明天可以问她,是不是认识一个叫刘小丽的。我们是快毕业了,正在准备毕业论文呢。"

蒙面人更加惊奇了,一时说不出话来。他本来想偷不到钱,也一定要给她点颜色看看,不能便宜了她。这下可好了,偷到妹妹的同学来了。刘娟分明看到蒙面人的微妙变化,知道自己的话让他动摇了。

"这样吧,这钱是不多,你先拿去,解燃眉之急。以后我也会想办法帮她的,因为我们是好姐妹嘛。"说这话时,刘娟捏了一把汗。

蒙面人手里的刀顿时掉在地上,他坐在刘娟对面,脸上的汗水直往下淌。过了一会儿,他走到床边,为刘娟松了绑,并把400元钱放在刘娟床上。

"你千万别告诉我妹妹,要不,我就完了!我不能让妹妹瞧不起。对不起,我走了。"蒙面人对刘娟说。

"不,这钱你拿着,我不会告诉李红梅的,请你放心。这钱算是我帮你妹妹,不要嫌少,让她安心读书。"刘娟又把钱放在他手里。

蒙面人突然跪下来了:"我不是人,对不起,我……"

刘娟扶起了他，并告诉他自己目前不用花钱，千万不要有任何顾虑。这下蒙面人才关上门，点点头走了。

蒙面前脚刚走不久，刘娟马上关好门，反锁好，并把房间所有的灯打开。照着镜子，她发现上衣早就被汗水湿透了。好险啊！要不是自己耍小聪明，后果将不堪设想。

原来刘娟的爸爸并不是挖煤工人，而是一名机关干部，家庭生活也过得很不错。要不哪有钱在外面租房？别人上大学也有自己打工挣的，而她却全是家里供应，什么也不用发愁。另外，她不是经贸大学的学生，更不认识什么李红梅。因为她看到蒙面人的所做所为不像一个惯偷，所以敢和他"耍花招"。没想到这招却让李红梅的哥哥感动了，放弃了抢劫的念头。

好不容易才让自己镇定下来，觉是没法睡了，也睡不着。她拿出存折，看了看上面的数字。明天就给经贸大学的李红梅送点钱去，一切都是为了爱！

复　仇

雷猛喝完最后一杯啤酒，脸已胀成猪肝色。他要去完成一项特殊的使命。

走到厂长的304房，没人，铁将军把守着，那门给雷猛一个冷冰冰的回应。雷猛握紧怀里的西瓜刀，懊恼地往回走。下台阶时，他浑身轻飘飘的，像似一阵风就可把他吹倒。

他又把手放进怀里，那硬硬的刀还在。今天非收拾她不可。

他想。

自从生产部主管辞职后,主管的位子一直空着,也促成了雷猛他们8个拉长热门又敏感的话题。一开始,传闻狗厂长打算从雷猛和另一个拉长中提拔一个来当主管。这个要命的消息使雷猛和另一个拉长之间形成了一道无形的屏障。

两个拉长之间就这样心怀鬼胎地互相算计着,表面上风平浪静,背地里却各自在使出最毒的招数,以便一举取胜。

一段时间后,雷猛突然发现工友们以一种异样的目光来审视他,一般人是畏惧中夹杂着瞧不起的眼神。而至于那个拉长,则对雷猛表现出一种鄙视和不屑的眼神。那目光中似有一支令人心寒的利箭。

谁会料到,同事之间竟为了生产部主管的宝座而耿耿于怀,更直接导致了雷猛的杀妻计划。一开始雷猛也没有什么顾忌,为了各自的利益,管你用什么眼光来看我,一切都在表面上波澜不惊。虽然某些员工的眼光直射得他如芒在背,他也觉得没什么好奇怪的。直到物料仓管小陈神秘兮兮地告诉他,这主管宝座非你莫属了之后,雷猛这才意识到应该仔细研究研究众人目光背后的深奥之处了。因为小陈说过这话之后,就显出了后悔不迭的样子,而且躲躲闪闪地扯上别的话题了。

"真没用,不就是给厂长送点礼吗?还不如人家雷达。"艳红又是数落一番。

"雷达又怎样?连命都搭上了。"雷猛不以为然地回答。

"就你清高,没出息。"艳红生气地甩了甩马尾巴,走开了。"你会后悔的。"艳红又说了一句。

其实艳红也说错了,他曾经默默地唠叨着见了厂长要点头哈腰说些什么奉承的话,手要拍在哪个位置厂长才会感到无比舒

坦。可一见到厂长的面,他的腰杆子一下子变成了不会弯曲的铁条,刚准备好的套话也一时作鸟兽散。更有趣的是,有一次他拿了两条"555"香烟站在狗厂长的门前,热出了一身臭汗,也没敢敲开狗厂长的门。这事一传出来,人们就开始说他是一个憨厚的人了。

一次次无功而返,艳红自然又是一番恶毒的挖苦。

前面就是艳红和狗厂长经常去的那家歌舞厅,闪烁的霓虹灯犹如艳红回馈给狗厂长的媚眼,那时断时续的歌声,就像是艳红和狗厂长苟合时的呻吟声。

前天,生产部主管已经正式任命下来,那个与雷猛角逐的拉长,稳妥地当上生产部主管。想到这里,雷猛真想在地上打个地洞钻进去。如果想要击倒一个憨厚的人,面子可能是最有力的武器,这种人最输不起的就是面子。

雷猛再次摸了摸怀里的西瓜刀,百无聊赖地往回走。远远地他就看到了自己的租房还亮着灯,要是在平时,他就会加快脚步,兴高采烈地冲进那温暖的港湾。可今晚不同,那揪心的痛苦使他停足不前。徘徊了很久,他终于很不情愿地走进出租屋。

门是虚掩着,艳红还没有回来,房间里静得像是死了人一样。虽然当时醉得厉害,但他的头脑是清醒的。不对,艳红一定回来过!雷猛迅速冲进卧室。

一床被子叠得整整齐齐的,地板也拖洗得干干净净,桌子上还摆着几瓶"胃仙U"。这到底是怎么回事?雷猛猛然发现茶几上压着一封信,看那娟秀的字体,他就知道这是艳红写的:

阿猛:

原谅我不辞而别,可我没有别的选择方式,我只有离开你,才能让你彻底忘记我带给你的伤害。忘了我吧!

至今我才知道,失去的是那么的弥足珍贵。至今我也才知道,你的可爱之处正是你的憨厚,你似乎与世无争,不羡权贵,却也在发奋努力着。以前,我的责备是毫无理由的。其实,我早该知足了,是我们的跑不掉,不是我们的要不来。可我醒悟得太晚了。

猛,来生我们还做夫妻,我会永远记住你的。你的胃不好,我又给你买了几瓶"胃仙U",你一定要按时服药,照顾好自己,别再为我而耿耿于怀。来生我再报答你吧……

艳红字
10月20日

雷猛一口气把信看完,突然发疯似的冲出租房,在半路上拦了一部"的士",匆匆往火车站赶去。

对,那就是艳红!雷猛远远地看到艳红瘦弱的身子立在风中,形单影只的她像是一只断线的风筝,随时都会被风刮跑似的。他霎时把当初的复仇计划忘得一干二净,朝着艳红来个百米冲刺。

"艳红,我来了!"雷猛大声叫道,声音响彻凌晨的夜空。

艳红猛地回过头来,迟疑了一会儿,泪水就扑扑地往下落,手中的行李也顺手丢在一边,朝着雷猛奔来。

夫妻俩双双抱在一起,两个人的泪水混合成共同的语言。"艳红,我们一起走吧,离开这里,把过去忘掉。"

"阿猛,可我……"艳红欲言又止。

"哐"的一声,西瓜刀从雷猛的怀里掉下来了,发出清脆的声音。雷猛迅速弯腰捡起了它,用力一甩,西瓜刀划了一道美丽的弧线,飞向河里去了。

"红,我们一起走吧!"雷猛脱下自己的西装,披在艳红身上。

夫妻俩相拥着,朝着前方走去……

狼爱上羊

地球上的草木越来越少,最后一只狼举目四望,方圆几百里,也没有发现一只羊。饥饿难忍,看来末日为期不远了。狼悲哀地想着。

祖祖辈辈留下来的捕杀本领,就是以羊为食。先前,草地肥沃,青草茂盛,羊群繁衍迅速,狼们口中的美食从不间断。虽然狼以捕杀羊群为主,但羊群还是不断壮大。可就在前段时间,因为地球上的青草迅速萎缩,最后变成了完全枯焦,羊群赖以生存的条件受到了严重的威胁。据狼所知,听说地球上羊群已经绝迹。同类们的迅速消亡就是最好的例证。

但狼不甘心,他是这世界上最后一只狼,他要活下去,勇敢地活下去。有了这个信念,狼放弃生活已久的光秃秃大山,走到平原上来。

然而,地面上除了少许的青草外,再也找不到任何可以充饥的生物了。四周一片凋零,一片死寂。饥渴交加的狼终于昏倒在地上,人事不省。

不知过了多久,狼在昏睡中感觉到有人在拱他,并感觉到有个粗粗的东西在刺激着他的脸部。于是,在极度虚弱中的狼,勉强睁开了眼睛。

狼这一睁开眼睛,突然两眼放光:他的面前就是一只可爱的小母羊!小母羊正用自己粗粗的舌头,亲舔着狼的脸。狼顿时来了精神,本来是踏破铁鞋无觅处,如今却是得来全不费功夫。但狼太虚弱了,没等他站起来,他又倒下去了。

母羊看着失去野性的狼说,由于环境的变化,加上你饥饿无力,你已经没有能力吃掉我了。更重要的是,我是这世界上的最后一只羊,即使你吃掉了我,又能支撑几天?

狼一想有道理,就算吃掉这只小羊,自己也难逃一死的厄运。可不吃,自己现在可能就死,怎么办?

母羊猜透了狼的心思,继续说道,想活下去也不难,主要是你的食谱要改。谁都有求生的本能,不能坐以待毙。当生存条件发生变化时,我们要学会换位思考。我之所以来看你,是因为这地球上只剩下我们两个了,孤独的滋味是恐怖的,如果我们不能互相帮助,还有谁能帮助我们呢?所以,自救才是最关键的。

听了母羊的话,狼的心里流过一股暖流。但狼还是对生存失去希望。地球上空空如也,如何充饥,如何维持生命?

学我吧,吃草!毕竟这地球上还有少许的草地。母羊抬头看着稀疏的小草。

吃草?我们祖先就教我们吃肉的本领,可没有教我们吃草的本事,这草怎么吃啊?

我能吃,你就不能吃?如果你想墨守成规的话,那你只有等死了。母羊说完,扬起前蹄就要走。

等等我,好吧,我开始学习吃草。

从此,狼整天跟在母羊的身边,学习吃草。包括学会判断草丛中的毒草与否,一段时间后,狼真的学会了吃草,而且这草的味道还很鲜美,他身体也因为有了营养补充,恢复了体力。狼想,看来,只要能吃苦,生活还是有希望的。

俗话说,日久生情,患难与共。狼和羊在长期的生活中,不仅学会了对生活的挑战,还产生了爱慕之情。

有一天,狼对母羊说,嫁给我吧,我会呵护你一生的!

母羊害羞地回答,你不把我当成敌人了?

不,只有我们联手,才能过上幸福的生活。

那,我就心甘情愿地让你"吃"了吧。母羊幸福地说。

几天后,狼牵着母羊的手,在空旷的大地上,举行了地球上独树一帜的婚礼。

刘　婶

刘婶未成为刘七的老婆时,是一朵开在村庄的鲜花,红艳艳的让后生们争先恐后地角逐着。但谁也没那么幸运,只有刘七独占花魁,刘婶嫁给了刘七。

扼腕叹息的后生们说,鲜花插在牛粪上。但只有牛粪,才能让鲜花继续盛开,因为谁家也没有刘七家丰厚的肥料。

明天就要出嫁了,刘婶和向新最后一次约会。

后山的小树林里,温馨且清凉。

沉默,没有说话,死一样的沉闷。向新输就输在没钱上,没钱,心爱的人被人抢走了。

刘婶开口了:"我妈拿了刘七10万元,我是他的人了。"

"可我,没有其他办法吗?"向新阴着脸问。

"没有,我家就我哥一个男丁,30多岁了,能打一辈子光棍?"刘婶说着,声音很是茫然。

"你,你走吧!"向新站起来,把手中一块小石头狠狠丢向远方。

"你也回去吧,我不想让人说三道四。"刘婶也站起来,冲也似的飞下后山。

唢呐声由远而近,迎亲的队伍热闹地开进刘婶家。

良久,刘婶一身红装,走进了迎亲的队伍。唢呐声再次响起。向新站在破败的小屋前,目送迎亲的队伍消失在视线里。

夜,好像是见不到底的深渊,黑暗且静谧。刘七家的大红灯笼高高地挂着,新房里透着诱人的红光,直刺向新的眼帘。不知道望了多久,直到那红灯熄灭了,向新才走下后山。

第二天早上,向新背上简单的行李,消失在崎岖的山道上。

7年后,一部小轿车开进村道,一个红光满面的汉子走下车来。

"是向新,向新发了,成了了不起的大老板!"村里人相互转告着。

刘婶在后山上也看到了,她只是稍稍一顿,驻足观望了一会儿,几近发呆的她,又忙她的果树了。

没过多久,向新西装革履地走进刘婶的果园。

"你辛苦了,他走了,为什么不去找我?承包这荒山太无聊了。"向新问刘婶。

"找你,我不配,你是大老板了。"刘婶头也不抬地说。

"你,你难道不知道我的心?"

"我认命,他们都说我是克夫命,你走吧,我还要给果树施肥呢。"刘婶同样没有抬头。

"我是真心的,要不,我也不会回来了。"

刘婶一听这话,眼中闪烁着幸福的光芒,她一路小跑,投进向

新的怀抱里,连身边的果树也生动起来。她准备在果园边盖起一栋新房,伴随着果树,和心爱的人过日子。

向新第二次走进果园,看着一脸红润的刘婶,笑逐颜开。

"走吧,跟我走吧,离开这里,我有钱了,我要让你幸福。"

"跟你走,你不留下来了?不,我离不开果树,离不开这山。"刘婶的眼光突然暗淡下来。

"为什么,我辛辛苦苦地挣钱,就是为了让你尽快离开这里,让你享福,可你?"向新不解。

"我以为你会留下来陪我,算了,你去过你的幸福生活吧,我离不开这,也没那福分。"刘婶红润的脸上顿时失去了光泽。

"真是贱命!这山有什么好?贫穷落后,跟我走吧,扔掉果树,我们到城里享福去。"

刘婶似乎没有听到向新的话,自顾自地忙碌着。

向新很生气,他不明白刘婶为什么那么固执。

再三恳求,刘婶终不为所动。

"你变了,变得让人无法理解。"临走时,向新扔下这句话,就开着小轿车,消失在古老的村道上。

"是变了,变得让人无法理解。"刘婶望着即将消失的小轿车,喃喃自语。

让你尝尝拳头的厉害

下午刚上班时,我在办公室门口碰上了同事王科长。刚想和他打招呼,不料局长室的门打开了,贾局长向我走来。"去,帮我把办公桌上的资料拿来。"我只好往回走,局长的话不能不听,赶紧往局长办公室走去。

不料,我一回头,却发现王科长向我举了举右拳,并狠狠地晃了几下。同时,他的脸色很难看,扭曲的样子,特别是他的眼神,用怒发冲冠来形容绝不为过,让人不寒而栗。

在这个时候,他在威胁我?

我的心一凉,完了,他一定抓住了我的小辫子了?

王科长是人事科长,我是财务科长,前段时间刘副局长调走后,我们虽然表面上还是朋友加同事,也经常在一起喝酒,背地里都在暗中较劲,以期升上副局长的宝座。为此,我这个财务科长绞尽脑汁,从账面上做文章,拿出一点"多余"的金额,给贾局送去了10万元。难道这事他知道?

前些日子,我和业务科长到海南出差,顺便到娱乐场乐一下。当晚就花去了3000多元,事后,业务科长让我开了发票,回来后就顺利地报销了。难道这事他也知道?

上个月过春节,贾局长说要给大家年终分红,让我从财务账中提出15万元,按级别大小分红。为此,我也从中给自己多留下1万元,给老婆买了件貂绒大衣。难道这件事他也知道?

还有更早前，我所收到的好处费，难道都没能逃脱王科长精明的眼睛？抑或是我酒后吐真言了？

都是喝酒惹的祸！

贾局早就发话了，局党委很看重我和王科长。目前空缺的副局长，一定会从我们俩当中提拔一个。在这节骨眼上，是不能出现任何差错的。这王科长，可能就以以上某条见不得人的把柄，拿出来晒晒，要置我于死地。这下该怎么办呢？

谁都知道当财务科长的绝对没有那么清白的，以前的行为也就算了，没人会和你较劲。可目前不行，差之毫厘，将谬之千里。

我的头大了，匆匆忙忙地送走了贾局的资料，却不敢进办公室。因为我不敢和王科长面对，更不敢去看他那狼般的眼睛。我只好向洗手间走去，站在洗手间门口，呆若木鸡。

我眼前晃动的，依然是王科长的拳头。他的拳头越来越大，让我无处可躲。过了一会儿，王科长的拳头变成了审判长桌上代表法律尊严的木槌。那木槌一下下地敲在我的头上，让我头痛欲裂。我两眼冒着金星，灵魂游离了身体，凶多吉少啊！

我们经常在一起喝酒，如果不是为了副局长一职较劲，我们还是经常称兄道弟，关系也很铁。这都是升官惹的祸啊！

"最可怕的敌人，就是你身边的人。"记得有句话是这么说的。

我不知道发呆了多久，王科长突然出现在我眼前，让我魂飞魄散。

"今天晚上喝酒去。怎么了？脸色这么不好。"王科长看一看失态的我，再次挥动了拳头——不是拳头，而是大拇指和食指并拢，形成喝酒的姿势。

"没什么，没什么，刚才有点头晕，可能昨天晚上没睡好。"我擦一下头上的冷汗,掩饰过去。

"就是嘛,大老爷怎么像娘们?别忘了,老地方。"

我恍然大悟了,以前王科长邀我喝酒时,也是打这个手势啊!我怎么就紧张到这种地步呢?

神秘的短信

刘其一向工作认真努力,终于赶在不惑之年,坐上城建局的第一把交椅,成为局长。

当上局长的刘其忙了起来,白天忙还好说,晚上忙局长夫人就不高兴了。局长夫人叫小艳,当初为了刘其能坐上局长的宝座,曾鞍前马后地奔波。如今倒好,刘局高升她寂寞,这如何让她受得了?

为此,小艳曾多次劝刘局,要他以她为重,以家庭为重,多少落马的腐败官,就是从酒桌上转到石榴裙下,一直到金钱上转,最后转到了纪委那里去了。一开始,刘局对小艳的忠告还唯唯诺诺,毕竟小艳为他付出了很多。到了后来,小艳的劝说成为无聊的唠叨。刘局干脆置之不理,我行我素。

"把握好自己,为了我们这个家。"每天晚上刘局外出时,小艳就这样交代。当然,刘局只当是耳边风,不会在意的。

这天晚上,刘局破例没有应酬,早早就回到家里。这可是自从他当上局长后破天荒的头一回。小艳很高兴,亲手为刘局做了几样好菜。但刘局好像心事重重,没心思喝酒,也没心思吃菜。

刘局站在阳台上发呆,不时地看看手机。

小艳温柔体贴地走到刘局身后,为他按摩。

这以后,刘局好长时间没有外出了,小艳的脸上也有了红润了。

没过多久,刘局每到晚上又电话不断,应酬又多起来了。

这次刘局回来,一直铁青着脸。小艳不知何故,以为是自己惹他生气了。经过再三询问,刘局才拿着手机给小艳看。

手机上有一则短信:"你给我小心点,若要人不知,除非己莫为!"

小艳惊惶失措地问刘局:"这是谁发来的?他知道你做了什么?"

"这样的短信发了很多次了,真烦人。"刘局气恼地说。

刘局摇摇头说不知道,而且这个手机号码总是发来短信后就关机,他根本就不知道机主是谁。

"那,我们还是小心点,说不定人家真的掌握了我们什么。"小艳关心地说。

刘局点点头,心想要对自己的行为负责任,更要为这个家庭负责任。

"开窍"了的刘局换了一个人似的,工作又开始认真负责,凡是不能拿的钱他就不拿,不能要的东西他就不要,不能喝的酒他不喝。小艳的脸上又红润起来了。

周末,夫妻正在泡茶闲聊,突然有人来访了,来人是包工头张明。原来局大楼要重建,张明的来意不言自明了。

经过一番寒暄,张明丢下一包钱,就匆匆而去。刘局打开那包钱一看,整整10万元。他顺手把钱丢入抽屉里,又没事似的和小艳闲聊。

第二天晚上,刘局又铁青着脸站在阳台上走来走去。一会儿拿着手机看看,一会儿又拨打电话。但总没见刘局说话,可能是对方关机或是没能打通。小艳走近一看,还是那个神秘的短信。知道他又为这个无聊的手机号码而烦恼,就安慰他:"那是小人,发完短信就关机,算什么好汉?大不了我们不当这个局长,只要你平平安安,比什么都值钱啊!"

刘局一下子把小艳拥住了:"是啊,心安理得才是最重要的。我听你的,张明那10万元不能要,明天我就把它交到纪委去。"

小艳笑了,笑出了眼泪。

快过年了,刘局帮忙小艳整理房间。一不小心碰倒了床头柜,从抽屉里掉下一部手机。刘局感到奇怪,小艳的手机他最清楚,是一款红色的小米手机,而这部手机是谁的?

刘局若有所思,打开了手机,拨打了自己的手机,事情明了了,刘局也恍然大悟了。正是这部手机的号码给他发的短信,并从已发短信中查到了所有的短信内容。

刘局拿着手机走出客厅,小艳一看惊呆了,这秘密还是被发现了。她诚惶诚恐地望着刘局。

刘局紧紧拥住小艳,理了理她头上的乱发说:"小艳,非常感谢你,要不是你,我今天就不可能站在这里了。"

锁匠张三

　　张三是个远近闻名的锁匠,哪家外出忘了带钥匙,被防盗门关在门外,叫来张三,马上手到门开。于是,张三的大名一下子传开了。

　　张三老婆前年过世,没有给他留下一男半女。张三也没有再娶,一个人过着清淡的日子。

　　张三的对门住着李婶,李叔也是前两年过世,留下李婶一人。两人都是独居,又住对面,一有空张三就会帮李婶提个煤气罐什么的。两人和和气气地相处着。

　　李婶很是健忘,经常把钥匙丢在家里,一旦外出归来,进不了门,只得央求张三帮忙。张三为人仗义,每求必应。为此,李婶很是感激,每次张三帮完忙李婶总说要喝杯茶再走,张三总是以生意繁忙为由走了。"好人,难得的好人!"望着张三的背影,李婶总是这么夸。

　　这一次李婶又把钥匙丢在家里,进不了家门,刚好张三到另一条街忙生意去了,李婶只好坐在家门口,等待张三回来。

　　晚上9点,张三回来了,看到李婶还坐在门前,知道是怎么回事了。他埋怨李婶,邻里街坊,怎么不打我的电话,害你坐了一下午。李婶笑笑没说什么,看着张三忙活。过了一会儿,锁打开了,李婶一定要张三留下来吃饭,张三不好推迟,只好留下了。

　　席间,李婶有意无意诉说寡妇的艰难,并透露出想重寻另一半的打算。张三不敢抬头,简单吃了几口饭,就逃之夭夭了。张三出门后,李婶倚靠门边,有一行清泪流下来。

这天下半夜,从李婶家传来了打斗声,和李婶大呼救命的声音。张三由于白天太累,睡得早,等到他听到声音穿着裤衩冲出来时,才发现有一条黑影从他面前一闪而过。他正要去追赶,邻居们也赶来了。

李婶披头散发地冲出来,发现张三站在自家门口,同时也发现邻居围在家门口。李婶愣了一会儿大哭一声昏倒在地。"知人知面不知心啊!"邻居看着穿裤衩的张三,私下议论着。

张三突然哑口无言,事情发展到这个地步,是他所料不及的。他本想分辩什么,看到发怒的邻居,只好溜进自家门内,摇头叹气。

张三的不雅行为很快在街坊中传开了,一个和李婶要好的妇女到李婶家安慰李婶,李婶很生气地告诉她:"本来我也对他有意思,不怕你笑话,好几次钥匙丢在家里,那都是我故意在试探他。有一次,我还告诉他我的想法,他还装斯文,不敢应允。谁知他竟用这种手段。"

那妇女问李婶:"是你门没关好,还是张三他……"

"这还用说,我又不是三岁小孩,会没关好?只有他开得了我家房门,不是他是谁?"

邻居都说,知人知面不知心!

后来,听说张三搬了家,又改行不当锁匠了,在菜市场摆菜摊呢。

乌鸦口渴了

一只乌鸦飞呀飞,终于口渴了。但她马上想起上次喝水的玻璃瓶子,于是,她调整一下飞行方向,终于找到了瓶子的地方。

乌鸦停下来,走到瓶子前,却发现瓶子里空空如也,根本没有水。乌鸦感到很奇怪,上次来的时候还有半瓶水,为什么这次水就没有了?再仔细观察,瓶子里除了自己上次叼来的石子外,水是一滴也没有。

乌鸦饥渴难当,身体疲惫,难道就这样等着渴死吗?

可是,老一辈的教育方式是这样的,要是口渴就来找这只玻璃瓶子,叼来石子,然后喝水。于是,乌鸦改变了一成不变的做法,违背老一辈的古训,飞到离这不远的小河里喝水。小河水是山上的清泉流下来的,甘甜可口。喝饱之后乌鸦就想,他们怎么就那么笨,小河水不是比那玻璃瓶里的水又多又好吗,为什么偏要费一番努力,叼来石子填满瓶子再喝水?或者那个玻璃瓶早就破了,根本就装不了水?再或者天上不下雨,瓶子里的水早就干了,那她不就渴死了!

乌鸦为自己的聪明发现而高兴。

这是6年级学生小畅写的一篇作文,小畅为自己的聪明发现而高兴。老师看完后,批示:想法是对的,可小小年纪就想偷懒,乌鸦叼石子是一种锻炼,而不是不劳而获。

最后,老师给小畅的作文打了20分,为此,小畅开始萎靡不振。

还好，老师没过多久调走了，新来的语文老师也布置《乌鸦口渴了》的作文。这回小畅学乖了，他写道：乌鸦发现瓶子里有水，但还是半瓶，乌鸦的嘴够不着。找遍周围也没有找到石子。于是，乌鸦就把瓶子推倒，瓶子破了，但瓶子里还有一点水。乌鸦终于喝到水了。

新来的语文老师给小畅的评语是：没有创新，而且是笨拙加破坏的方法。最后，也给小畅打了20分。

没过多久，刚上初中的小畅就辍学了。问他为什么不上学，他回答说没意思。最后，我把小畅给忘了。

10多年后，我大学毕业后也走上讲台，我当的也是语文老师。有一天，我突然想起当年的小畅，所以，我给同学们布置了同样题目的作文，要求同学们展开联想。

小鹏同学很快就交上来了。我一看，他的作文竟然和当年小畅所写的大同小异。回想当年的小畅，我觉得此文很有创意，于是，就给他的作文打了100分。

我的评语是：乌鸦可以用很多方法找水喝，没有固定的思维方式才是最好的思维方式。

作文发下去后，我看到小鹏同学的脸上露出甜蜜的笑容。

后来，小鹏一直以优良的成绩考上中学，考上大学。再后来，听说他成了作家，写出很多中小学生爱看的好作品呢。

小花失踪案

不得了啊！

村主任家的母狗小花突然失踪了。

事情的经过是这样的：昨天晚上村主任去孙寡妇家了解民情，孙寡妇很热情，顺便叫村主任喝几杯。村主任喝高了，直到半夜才回来。小花虽然是母的，但她生长在村主任家，比一般人家的狗多了几分优越性。这不，人家是公狗才有跟主人外出的权利，她是母的照样享受这种待遇。

村主任不知是醉意蒙眬还是喜事冲天，回家时并没有注意到小花有没有跟他回来。第二天早上起床后习惯地一叫，才发现小花不见了。

这还得了，小花是村主任家的，小花的失踪意味着什么？

果然，接近晌午时，人们就听到传言，说是村主任正在调查小花失踪的事件。经初步分析，村主任得出结论。谁家的公狗蓄意勾引小花，造成未成年的小花狗迷心窍，跟着村民家的公狗跑了。村主任发话了，凡是有公狗的人家要自我检讨。

这下可好了，凡是有公狗的人家开始度日如年，虽然家里养着公狗，小花也没有跟自家的公狗耳鬓厮磨过。但村主任乃一方之主，若是怪罪下来，谁也担当不起的。

于是，有公狗的村民自发来到村主任家，除了再三说明自家的公狗没有如此下作的行为外，并送上一点薄礼。张三送了，李四也不敢怠慢,所以,村主任家一时车水马龙,一看都是家里养有公狗的人家。

第二天,村民们又收到另一方面的信息,说是村主任又发话了。按当今世风而论,如果公狗没有勾引小花,那么,小花搞同性恋也不是不可能的,并说明这是人们带给小花的负面影响。这下可好了,养母狗的人家也开始惊慌了。为了表明自己的清白,不知是谁先行,人家陆陆续续地来到村主任家,除了再三说明自家的母狗没有如此下作外,并送上一点薄礼。总之,为了避嫌嘛。

第三天,小花还是没有回来,人们又收到村主任的另一种说法。说是有人发现村前的几家小饭店卖着狗肉,这就是暗示说有人把小花宰了卖给了饭店。这三家饭店用的是村里的地皮,村主任曾经再三交代他们要好好经营,不然随时随地都会收回他们的经营权的。三家饭店的老板你看看我,我看看你,似乎想从别人眼中看出心怀叵测之人。到了晚上,第一家饭店的老板就往村主任家赶,除了再三说明自家的饭店没有如此下作的行为外,并送上一点薄礼。张三送了,李四也不敢怠慢。总之,是为了避嫌嘛。

村主任很大度地安慰前来送礼的村民,让他们放心,他的眼睛雪亮着呢,不会随便冤枉好人。

事情到了第四天,小花还是没有回来。这回村主任真的急了!这小花通人性,识大体,怎么会不辞而别呢?

村民们主动发起寻找小花的号召,人们从四面八方涌向村主任家,经过详细了解之后,从村主任家的周围开始找起,结果有人发现小花掉进村主任家后院的茅厕里。

看到小花,村主任才想那天晚上慰问孙寡妇后,自己喝了不少酒。不胜酒力的村主任最后吐得一塌糊涂,小花吃了村主任吐出来的美味佳肴,结果她也醉了。回到家后,口干舌燥的小花想

找点水喝,因为她也醉了,走起路来东倒西歪的,结果不小心掉进了茅厕。

找到了小花,人们舒了一口气。村主任很大度地说,没事没事,让大家操心了。

人们又回到正常的生活中来。

但是人们又担心了:要是哪天村主任家的什么宝贝失踪了,那人们又该怎么办呢?

"雪人"突击队

鬼子的大扫荡进行了一个多月,他们所过之处,寸草不生,鸡犬不宁。这天,由山本少佐带队,组织了350人,向天山进发。他们的目的是要抓住八路军的一个特别行动小组。该小组盗走了日军华北派遣军731生化部队的细菌战术及相关资料。

时值冬天,冰天雪地,天寒地冻。我军45人的特别行动小组艰难地行走在雪山上。后面不远处,山本的部队正紧紧追来,容不得特别行动小组有喘息的机会,情况非常紧急,这些资料一旦落入日军手里,后果将不堪设想。

队长李海明命令小组暂停休息,小组已经3天不曾合过眼了。半夜时分,一阵枪声划破夜空,鬼子摸上来了。李海明迅速指挥部队向山林转移,只留下几个人与鬼子周旋。双方激战了近两个小时,由于天黑路滑,鬼子占不到好处,只好留在原地,等待天亮再做打算。

雪山高原的反应，让山本少佐举棋不定，不敢轻举妄动。李海明小组撤退后，又下了一场大雪，雪地上没有留下任何踪迹。为了全歼八路军特别行动小组，山本命令部队分成几个小组，对大雪山进行地毯式搜索。

在一片雪林深处，鬼子发现了八路军的行踪。在山本的带领下，迅速合围过去。可等到山本一行追到眼前，地上除了一些凌乱的脚印外，没有发现任何人。山本大怒，抄起机枪朝着山上一阵猛射。枪声刚停，雪山上突然出现一队雪人——这些人浑身上下一片雪白。雪人在山上嗷嗷大叫，似乎是在和山本叫阵。山本怀疑是八路军所为，遂命令小分队向山上进攻。

雪人没有开枪，只是用弓箭居高临下向日军射击。日军的机枪失去了作用，有几个日军倒在雪人的箭下。正当山本准备重新组织冲锋的时候，雪山发生了雪崩，排山倒海的雪，从山下滚下来，几十个鬼子顿时成了孤魂野鬼了。山本躲得快，总算捡到了性命，没有被雪压住。

雪崩之后，山本朝山上望去，隐约发现山顶上的雪人正在朝他挥手。惊慌失措的山本这才想起出发之前司令官对他的忠告，说是英国佬史密斯在中国探险时，曾经在此地发现过雪人，这雪人容不得他人进犯他们的领地，要他小心为好。

这么说来，山上的白人不是八路军，而是天山雪人！山本吓出一身冷汗，他马上骑上大马，往另一个方向冲去。半路上，与另一支鬼子小分队相遇。

"少佐，我们发现天山雪人了，他们身材高大，威猛无比，几个队员倒在他们的箭下了。我们只好退回来了。"小鬼子的报告，令山本毛骨悚然，难道我们真的碰上天山雪人了？

为了安定军心，山本否定了鬼子的说法："八格！不要上八

路军的当,这是八路的疑兵之计,骗人的!统统给我上!"

几队的小鬼子在山本的带领下,又朝另一个方向向八路军追去。他估计八路军一定还在这个山上。来到一个小山口,山本又发现前面有几个雪人在走动。山本拔出长剑:"出击!"

鬼子怪叫着向前冲,大约跑了500多米,不见了雪人的踪影。正在犹豫不定的时候,一支利箭射来,射中了山本的右手,长剑随着"啊"一声,落在地上。这回把鬼子们惹火了,一行人员不要命地往前冲。

冲过山坳,雪人又不见了。鬼子顺着雪人脚印往前冲。突然,走在前面的鬼子"哇"的一声大叫,十几人一起掉到陷阱里去了。陷阱里满是荆棘和削成尖状的木头,鬼子不死即伤,活着的再也不敢往前冲了。

"真有这事?"听完鬼子的报告,山本更是不敢贸然行动了。

但是,华北方面向他追得很紧,要他不论付出什么代价,一定要找到被八路军拿走的资料,这可是灭亡中国的唯一武器。

山本无奈,只好重新组织部队,再次冲向雪山搜捕八路军。

天一下子就黑了,山本支起了帐篷,躲在里面喝酒。一群鬼子无精打采地歪倒在里面,呼呼大睡。

天快亮的时候,一阵机枪声响彻云霄,鬼子的哨兵报销了。紧接着,边区造的手榴弹在鬼子的帐篷里爆炸了。鬼子顿时乱成一锅粥,分不清东南西北。这回,八路军偷袭成功,连山本的望远镜也被炸毁了。

等山本带着活着的鬼子冲出来时,早就不见了八路军的影子了。

山本断定,八路军特别行动小组一定在附近一带活动,有关细菌的资料,也一定还没有送出去。恼羞成怒的山本下令部队拔营出发,继续围剿八路军。

鬼子找了三天,发现一个山坡上有一行脚印,一直向山上延伸着。山本检查一番,便指挥部队向山顶冲去。

地上的脚印越来越清晰,可山本往山上一看,山路越来越陡,最后,只容一人通过而已。

再往上冲,一定有危险,不上去,八路军很可能就在这座山上。山本想了一会儿,便不顾一切地往上冲。

冲到山顶,山本才发现这是一条绝路,此山三面悬崖,只有这条小路,这是兵家之大忌。山本正想往回走,已经来不及了。山上乱石往山中唯一的小路滚下来,箭发如雨,凡是走到小路上的鬼子,没有不送命的。冲了几次,山本丢下40多具鬼子尸体,仓皇地逃走了。

山本的部队只剩下100多人,除了被雪人打死的外,还有一部分被冻死。山本只收兵往回撤。

山本回到总部,谈起天山雪人还心有余悸,"中国地大物博,匪夷所思,看来,我们想征服中国,是件不容易的事!"这是山本在总部说的话。那些和山本一起到天山搜捕八路军的士兵,每每谈起雪人,无不谈虎色变。

可后来根据当地藏民讲,当年山本遇到的根本不是什么雪人,而是藏民的一支猎队。当年为了抗拒日本鬼子,他们和八路军一道,挫败了鬼子的阴谋,让日军的细菌战,没法在华全面实施。

也有人说真有那一些雪人,那是早期人类的一支分支,3万年前就存在了。当地人没敢惹怒雪人,和他们和平共处,一直到现在。此事众说纷纭。

杨二嫂

倒桥村的杨二嫂,是个远近闻名的漂亮辣嫂。说她辣,就辣在没人敢说的话她说了,没人敢做的事她做了。

而丈夫杨二是个三杠子打不出个闷屁的"假男人",家里家外,一切事务由杨二嫂说了算。所以,有人给杨二取了个外号,说他是个没用的"假男人"。不管怎么说,杨二是沾了杨二嫂的福,这不,杨二嫂几年来靠养母猪致富,杨二家成了村里数一数二的富户。

村里的老光棍大憨,整天东游西逛,既不外出打工,也不弄自己的责任田。就这样,常常是吃了上顿没了下顿。杨二和大憨是同宗,虽隔了好几代了,但宗亲还是存在着。杨二嫂看在眼里,急在心里。不能让大憨再这样下去了。

一天早上,杨二嫂敲开了大憨的门,要他到她家去帮忙运小猪仔到市面上买。大憨死活叫不动,气得杨二嫂一脚踹开他的破门,硬是把大憨从大床上拉起来。

事后有人说,那天大憨没穿裤头睡觉,可杨二嫂并没有感到不好意思。

杨二嫂真有办法,大憨的懒病,真的让她给治好了。后来,大憨就在杨二嫂家住下了,成为杨二嫂的得力帮手。其实,大憨除了文化程度低外,人并不憨,在杨二嫂手把手的带动下,大憨很快就成为养殖能手。

杨二嫂一直在张罗着大憨的婚事,但事与愿违,由于大憨30多岁了,总没有合适的女人愿意嫁给大憨。因此,大憨的婚事无人问津,也成为杨二嫂的一块心病。杨二说:"给他吃,给他住,也给他工钱,我们算是尽职了,找不到老婆是他的命,别再多管闲事了。你知道人们在说你什么吗?"杨二嫂瞪了杨二一眼:"我才不管别人说什么,身正不怕影子斜!没有家庭,他就没心思做事,没心思做事,他还会过从前的日子。"

"你要是真的可怜他,那你就嫁给他吧!"一向温顺的杨二发火了。

"嫁就嫁,他并不比你差。"杨二嫂毫不客气地回敬杨二。

好在大憨并不知道杨二夫妻吵架内容,还是默默无闻地做事。可村中的好事者已经把杨二嫂和大憨有一腿的消息,传得沸沸扬扬了。

"骚!"村里人给杨二嫂的评价。

事情并不因此了结,没过多久,杨二就发现存折里少了5万元。问杨二嫂,先是支支吾吾,后来说是某某借去了。但经杨二调查,并没有谁借他家的钱。以前这钱总是杨二嫂管着,现在钱少了,杨二认为就是杨二嫂故意搞的障眼法,为将来和大憨结婚做准备。为此,杨二越想越气,就和杨二嫂吵了一架,夫妻俩好几天没有说话。

这回大憨也闻到火药味,他想离开杨家,独自生活,他不想让杨二嫂因为他而难堪。但杨二嫂就是不让,她说事实就是事实,谣言就是谣言。把杨二气得吹胡子瞪眼睛也没有办法。

这天上午,杨二开车到镇上拉饲料。因为刚下过雨,山路很滑。在一个拐弯外,杨二连人带车翻入了10米深的山沟里,等到村里人发现时,杨二已经停止了呼吸。

杨二的死,让杨二嫂一下子老去很多。可村里人说她是装出来的,她早就巴不得杨二死去,让她自由自在地和大憨结婚。

杨二死后,到镇上拉饲料的事,成了大憨每周的必修之课。看到杨二嫂和大憨的亲热劲,村里人无不为杨二叹息。

"骚!"人们再一次把这样的评价送给杨二嫂。

但是,没过多久,大憨的婚事有着落了。经过杨二嫂的努力,邻村的一个寡妇看上了他。杨二嫂以大嫂的身份,为他们张罗着婚事。

"这是遮掩真相,大憨还不是她的人?"人们又有新的说法了。

大憨婚后还是住在杨二嫂家里,人们不言自明,杨二嫂在唱哪一出戏。

虽然好多人背地里大骂杨二嫂,但还是很多人从她那里学到不少养殖知识,资金上也得到过她的不少帮助。杨二嫂常说,富要大家一起富,大家有钱了,生活也就安定了。

没过多久,人们渐渐地忘记了杨二嫂的丑陋一面。

今年夏天,倒桥村发了场大水,杨三家的猪圈被淹,眼看几十头小猪仔就要被大水冲走了。杨二嫂正好忙完自己的事情,就赶紧冲进洪水里,打捞泡在水中的小猪仔。

正当杨二嫂捞完最后一头小猪仔准备爬上岸时,一个浪头冲来,把杨二嫂卷走了……

人们在10多里外的沙滩上发现了杨二嫂,尽管她名声不好,不守妇道,但人们感激她无私的奉献精神,还是很隆重地厚葬了她。

杨二嫂出殡这天,镇上派人来找杨二嫂。人们好奇地围上来一看,原来是一面锦旗,上面写道:"无私捐款,爱心永存!"

经过来人解释，人们恍然大悟了。事情的经过是这样的：去年杨二嫂把那5万元，捐给了汶川灾区的一名女孩。那女孩的父母在地震中双双去世，杨二嫂从报纸上了解后，托镇上领导帮忙捐赠的，这面锦旗就是小女孩托人送来的。她知道抠门的杨二无论如何也不会同意这事的，所以一直瞒着他。据说她准备一直捐到小女孩大学毕业。

大憨哭叫着抱着杨二嫂说："她帮我是因为她不愿看到我成为她的第二个大哥。"她大哥从前就和大憨一样，最后因盗窃跳楼摔死了。大憨继续哭着："你没完成的心愿，我来帮你完成。"

战场上的拥抱

太阳从东方喷出第一抹晨光后，就慢慢爬上山来了。

经过一昼夜的激战，硝烟弥漫的战场上，敌对双方经过勉强对抗，到天亮时，枪炮声渐渐趋于平静。

看得出，这场战斗异常惨烈，敌对双方应该没有幸存者了。满山遍野都是人的尸体，横七竖八地躺着。鲜血染红了山上的黄土，到处都是呛人的焦臭味。各种各样的枪支，也同样横七竖八地扔在山上。山上的树木也没剩几棵了，有的被削掉腰部，有的被连根拔起。坑坑洼洼的山上，死一般沉寂。

不知过了多久，东边的阵地上有个人在挪动，没过多久，他就挣扎着站起来了。他浑身上下都是血。这血人警惕地望了一下四周，特别是对面敌方阵地。他迅速从身边捡起一把步枪，并检

查下膛里的子弹。又从死去同事的腰上取下两颗手榴弹，他才放心地坐下来。但他的目光始终没有离开对面阵地。

饥、渴比死神更严重，极度虚弱的他，只能在这里等死了，虽然他还没有死，只是腿上中了一枪而已。

抬眼望，除了没有生命迹象外，更找不到充饥或解渴的东西。他心有不甘，家里那定亲的姑娘，可能正在远方眺望着他。

他正在胡思乱想着，对面阵地上也有个人影晃了一下，又倒在地上了。不好，对方还有活着的人。他一时来了精神，握紧手中枪，把子弹推上膛，趴在地上瞄准对方。但是，经过一根烟的工夫，还是不见那人再次站起来。

不行，他得去看个明白。这人是他的隐患，不是你死就是我活。想着，他拖着断腿，艰难地向前爬行。不知道费了多大的劲，他终于爬到他身边了。定睛一看，他才知道他的左胳膊被打断了，躺在地上奄奄一息。他把枪口对准他的头部，就要扣动扳机。

"不许动，敢动我就打死你！"他对他下了命令。

"等等，战场上就剩下我们俩了，何必呢？"他喘着大气说。

"但是，我不让你死，我就得死在你手里。"他退后一步，对他说。

他摇摇头，没有说话。

"我这儿还有一点水，拿去吧。"他右手拿着一个军用水壶，对他说。

他这时才发现，他的身边有一把手枪，水壶就放在手枪边。看来他是个当官的。

他不敢接当官的递过来的水，尽管他的喉咙此时正像火烧一样难受。"我要是想打你，在你还没有爬到我身边时，你就已经没命了。因为我早就发现你还活着。"他说着，没有血色的脸上露出一点难得的笑容。

"别怕,你连死都不怕,还怕这水?"当官的见他犹豫着,又对他说。

是啊,当官的要是出手,自己早就没命了。这样一想,他把步枪背在背上,接过他的水壶,咕咕地喝了几口。

"小伙子,我们都要活着回去,家里人正等着我们呢。"看着他喝了水,当官的对他说。

当官的说着,让他坐下,并取出身边的急救包,给他包扎腿上的伤口。

他有点怀疑自己的警惕性,万一他……毕竟双方是敌对的两方,昨天还在阵地上你死我活地拼杀过。

他犹豫了一会儿,还是顺着当官的命令,坐下来让他包扎伤口。

"结束了,一切都该结束了,你看,他们永远躺在这里了,只有我们是幸运的。既然战争过去了,就让他过去吧。走,回去吧。"当官的说着,把身边的手枪向远处扔去,手枪划了一道优美的弧线,远远地落在地上了。

他对当官的笑笑,也把手中的步枪丢在地上。当官的看到他站立不稳,又拿了一根木棍让他当拐杖,也对他笑笑。

他有点激动,上前拥了当官的一下。他觉得应该拥抱当官的,当官的也回应地拥了他一下,接着,他就拄着拐杖走了。

当官的脱下军装,丢在地上,也跟跟跄跄地走了。

两个人往不同的方向走去,金色的阳光照在他们身上。

太阳露出了笑脸,慢慢地升高了……

QQ 爱

　　进入宏达公司后,我才知道我的顶头上司是个女的。她就是我们工程部部长姚娟娟。早知道部长是个女的,说什么我也不会进这家公司的。刚上班那会儿,娟娟还算过得去,对我和和气气的。但不到一个月,她那雷厉风行的工作作风就呈现出来了。

　　那天我负责设计一个样品,可能是角度问题没有处理好,娟娟就把我数落一顿。我生气地回她一句:"有本事自己做给我看!"娟娟听我这么一说,索性坐在我的电脑前,三下五除二就完成了样品图。我从未见到她在我面前亮过相,以为她肚里没有货,没想到她真有两下子。服了,但只是表面上的,背地里对她那母老虎似的管理,颇为不屑。

　　让女人管着就是不好受,半点也马虎不得,整天除了难受就是难受。有一天,我上 QQ 聊天,正好被她发现,她怒气冲冲地对我说:"上班时间聊 QQ,你还想不想做?"我也马上回敬她:"不想做,怎么样?""不想做你可以走,不要妨碍别人。"

　　好,走就走,此处不留爷,自有留爷处。我就不怕找不到工作,虽然这份工作不错,但我不想再在这里受气,准备第二天就走人。

　　当天晚上,无聊的我上了 QQ 找人聊天。正无聊时,一个叫一帘幽梦的女孩要加我为好友,我想都没想就加了她。一聊,原来是同行,她也是搞工程设计的。我和一帘幽梦聊了很多,也聊到我准备明天走人的事情。一帘幽梦说你做得好好的,为什么突然要走?我说我受不了女主管的气。接着,我告诉她这女主管是多么凶,让我望而生畏。听完我的分析,一帘幽梦给我讲了很多,她说同是女人,她知道她的良苦用心,为什么她只对你要求那么严格?那是恨铁不成钢啊。并说明了我要是就这样走,人家还不以为是我没本事,只好自己走人?她告诉我,好好地做给她看,她满意了你再走,这就说明不是你没本事,而是你不想干了。

我想想也有道理,就听从了一帘幽梦的劝告,没有准备走人,并且把自己的工作做得好好的。娟娟看过之后,露出了满意的笑容。这是我进工程部以来第一次看到她的微笑。我知道这是她对我工作的认可。

第二天晚上,我又和一帘幽梦聊天,告诉她女主管对我的态度有了改变。一帘幽梦告诉我,女人也是人,特别是看重技术尖子。女人的压力大,你想想看,一个年轻女孩,要管10个男子汉,除了业务上精通外,还要有一番女人的柔情来约束他们,这是很不容易的。我想想也是,娟娟真是不易,别看她上班时绷着脸,下班后还是和我们有说有笑。就这样,在一帘幽梦的开导下,我改掉了吊儿郎当的坏习惯,一心扑在工作上。尽管娟娟有时还会指出我工作上的某些失误,我都虚心接受。

有几个晚上没有和一帘幽梦聊天了,她一直没在线,让我心里怪想的。那种深深的牵挂,是我好像从来没有过的。本想利用这几天娟娟出差的机会,好好和一帘幽梦聊一聊,却没了机会。正在懊恼时,一帘幽梦上线了,她一上线就找我,问我这段时间来的工作感想。我告诉她,感觉良好。她说你现在不想走了吧。我想想说,是的,娟娟其实也不是什么坏女人,只不过工作上严厉一点而已。当然,因为她的严厉,让我学到了不少东西。但她好像只对我严厉而已,你说怪不怪?一帘幽梦告诉我,她对你态度的改变,说不定她对你有意了。我想了想说,不可能,我老家在乡下,家里困难得很,目前还不敢想自己的终身大事。她又问我有什么困难?我只好如实告诉她:父亲正在住院,需要5000元,我正发愁呢。没事的,船到桥头自然直。一帘幽梦宽慰我。

父亲突然得病,让我措手不及,工资还没发,哪来的5000元?但是,父亲为了让我上大学,不惜下矿井挖煤。在他有难的时候,我这个做儿子的却无能为力,我还配做他的儿子吗?想借钱,同事们都是和我一样的穷光蛋,身边除了几包烟钱,其他便一无所有了。怎么办?真是急死人了,我想再这样下去,我只好去卖血了。

正当我一筹莫展的时候,母亲打来了电话,说是收到了我汇去的5000元,并说父亲的病得到了及时治疗,现在已平安无事了。

我汇去了5000元?我没有啊!可我不好当面责问母亲,她老人家已经够苦的了,不能再增加她的负担。可这5000元是谁帮我汇去的?是谁知道我家正急着用钱呢?

带着这个疑问,我上线问了一帘幽梦,是谁为我汇去了5000元。一帘幽梦说,不会是我吧?我说,你也不知道我的家庭地址,怎么可能是你呢?可奇怪的是,我并没有告诉任何人,谁会知道我家的困难呢?要知道,年轻人,谁不要面子呢?

一帘幽梦告诉我,给你汇钱的人一定是知道了你的苦衷,此人又不好意思当面向你说明,只好背着你做好事了。我想想也是,只是这个大恩人我还不知道他的真姓大名,我得登门拜谢才对。

一帘幽梦说,做这事的人一定是不要你的谢意的,要不,他怎么不直接告诉你？你若要谢他，只要好好工作，以实际行动来谢就好了。罢了，话虽这么说，我一定会查出这个恩人的名字，是他，帮我圆了孝子的梦。

不要胡思乱想，好好工作，也许就是对你那个恩人的最好回报。一帘幽梦告诉我。是的，我一定要好好工作，为了那个不知名的恩人，为了苦命的父母，为了我自己！我暗下了决心。

娟娟出差回来了，刚进工程部，她的一脸笑容就给人以春天般温暖的感觉。我也觉得她不同以前，特别是对我，她的笑容可掬让我无地自容。

第二天，是我24岁的生日，因为囊中羞涩，我没有想要为自己过生日。一打开电脑，一帘幽梦就对我说，今天是你的生日，你忘了？我说你怎么知道？她告诉我说是一个朋友告诉她的。奇怪了，你的朋友？她怎么可能知道我的生日？一帘幽梦对我说，出来吧，到"君再来"饭店，有人会为你祝福的。

我不相信，但又不想失去这个机会。也许这个人会为我解开一切的迷惑。

就这样，我谢过了一帘幽梦，下线出来，往"君再来"饭店走去。

刚进"君再来"饭店，就有一位服务员问我，你是不是友善先生？我说是啊。她说请，这边走。并把我引进了一间包厢。

柔和的灯光下，一个女孩背着我坐在那里，桌上是一个圆圆的生日蛋糕。我不禁问道："这位是？"

那女孩转过身来，对我笑着。"不认识我了？"天啊，原来她就是娟娟！

"娟娟，是你？"我惊讶地对她说。

"是我，感到奇怪吧！我就是一帘幽梦，你啊，真是无聊的

人。"娟娟对我说。这"无聊的人"正是我的网名。

"你就是一帘幽梦？难怪了。谢谢你，主管，我……"我变得语无伦次。

"别发呆了，这里没有主管，只有你和我，你该不会再对我反感吧？"娟娟说。

"不不不……"我一时说不出话来，"原来一切都是你，我，我太谢谢你了。"

"不用谢，要谢，以后再谢也不迟。但是，你要用一辈子来谢我，你做得到吗？"娟娟平静地对我说。

"我，我做得到，你放心，我，我会用一辈子来谢你的……"我高兴地说。

宝盒的秘密

大头外出打工3年，存了一笔钱就匆匆赶回家，准备操办自己的婚姻大事。大头父母双亡，没有兄弟姐妹，也没有其他亲人为他做主，他只好自己做主了。还真有一位姑娘看上了他，不嫌大头已经是三十挂零的大龄青年。但女方的父母有个要求：大头的老房子太旧了，必须重新修建，否则就不把女儿许配给他。这不，他一回家马上着手修建新房。工人请来了，开始了轰轰烈烈的盖新房行动，顿时令人刮目相看。

但大头马上又停下了建房的行动。听说大头这回只带回8000元，刚上工没多久，工人的工钱就发不出去，建房的材料也无钱再买进来。没有工钱,谁还会为你卖命?

工地只好停下来了。没有建好的房子就像一堆废墟,人们感叹着,却没有人愿意帮大头的忙。大头只好一个人在房基地里瞎忙。

这天早上,已经好多天没上房基地忙活的大头又忙开了,他说是先把地基挖好,再想办法借钱,房子总不能就这样放着吧。人们只是笑笑:没钱,再怎样也盖不起房子的,别吹牛了。

突然,大头大叫一声,从地基下面掏出一个锈迹斑斑的铁盒子,他轻轻拂去上面的泥土,怕人们发现,往怀里揣着。"大头发了!"人们一见大头捧着铁盒子,匆匆往家里面跑去,不禁也跟着大头叫起来。大头的房基地就在路边,人来人往的,一听说大头挖了个宝盒,纷纷围到大头家里。但大头总是避而不言,说什么也不肯说出其中的秘密。

关于大头那宝盒里的秘密,人们终于理出了头绪:据老年人讲,大头的太爷爷是清朝的一个地方官,到民国时才家道中落。由此人们推断,这宝盒一定是当初大头的太爷爷埋藏在地下的,不说此盒价值连城,少说也是很值钱的金银财宝吧。

第二天,大头又到各家各户请帮工,没想到人们很快就答应了。"都是乡亲嘛,谁没个难处?只要你大头说一声,我们都去帮忙。"大头谢过乡亲们之后,马上到建材市场找老板赊木头、砖、水泥等材料。谁都知道大头发了大财,都很爽快地赊给他,并不要他的利息。

大头的房子很快就盖好了,当人们问起大头那宝盒的事,大头总是笑笑说:"再等些日子,卖了好价钱,再还给乡亲们,你们要相信我。"人们对大头的宝贝深信不疑。

都说大头头脑灵活,这不,刚盖好了房子,大头不知又从哪里赊来一笔钱,在家门口盖了间名曰"大头饭庄"的饭店。"大头饭庄"一开业,生意就特别红火,邻近的食客都往大头这边赶。

不到两年的时间,大头还清了所有的赊欠,又把"大头饭庄"装修成酒店,生意照样红红火火的。当然,大头的婚姻大事早就解决了,那还是个绝色的妙龄女子。

中秋节那天,大头召集了全村的老少爷们,大摆宴席,以报答乡亲们多年来的帮衬。

这天晚上,大头的酒店人山人海,人们酒足饭饱之时,不禁又问起大头几年前那宝盒的事。

"好了,到了今天,我也该让乡亲们见识见识我那宝盒,请大家稍等……"喝醉了的大头跟跟跄跄地往楼上走去。

过了一会儿,大头从楼上下来,手里拿着一个面目皆非的铁盒子:"我那宝盒就是这样的,请乡亲们过目。"

人们马上围过来观看,这铁盒的确锈迹斑斑,类似于中秋月饼的盒子。大头说:"这是我在广东打工时,厂里过中秋节发的。饼是吃了,盒子被我带回来了……"人们仔细一看,果然依稀可以看到铁盒边缘的"酒店"的字样。

"大头开玩笑了,说醉话了,你那宝盒怎么可能是中秋月饼的盒子呢?"人们始终不信,也许大头的宝盒早就脱手了。

面对人们的质疑,大头总是笑笑,不置可否。

被绑架的母爱

中秋节早上,海云派出所接到一个报警电话:26小区丢失了一个2岁男孩,要民警尽快破案。报案的李先生说,要不惜一切代价,资金不足由他支付。

中队长老梁带了两个民警来到26区李先生的住处,刚踏进家门,就看到李先生夫妇沮丧着脸,欲哭无泪。李先生介绍说:9点多钟时,保姆小红带着儿子亮亮去商场买东西,在收银台前,小红把亮亮给弄丢了。小红也证实李先生所言不差。

老梁仔细端详着小红,这小红有20多岁,是个乡下人。但这小红长得很耐看,绝不比李夫人逊色。小红自我介绍说在李家工作了3年多了,李家夫妇对她很好,没想到……

记录完毕,老梁带着小红来到商场。从商场的现场录像中看到:在小红到收银台交钱时,有个20多岁的男青年正带着亮亮,亮亮看来和男青年很熟,他和男青年玩得很开心。老梁取完证后,又带着小红来到李家。

老梁问李先生是否有仇敌,李先生摇摇头说没有,他做生意一向是本分经商,不可能有仇敌。老梁又问亮亮平时都同谁在一起,李先生说只有小红,他家很少有客人。

小红,你没有对我说实话啊!老梁语重心长地对小红说。

没有,我没有,警察,我没有骗你,我也不知道是怎么回事。小红争辩道。

你认识那男青年吗？老梁问。

小红又摇摇头。

这时,李先生也对老梁说,小红在这没有亲戚朋友,他们对小红很了解。

李先生刚说完,老梁注视着李夫人。从李夫人脸上的表情,老梁看出了一些问题了。从这个家庭来看,小红的身份可能不只是保姆而已,她在这个家庭有着不同寻常的地位。只是李先生夫妇对她好而已吗？

第二天上午,老梁在李先生楼下拦住了小红。老梁知道小红会趁机溜走的。小红一见老梁,脸上马上掠过一丝不安的神情。老梁把小红带到一个偏僻地方,要小红彻底交代清楚。

为什么勾结外人把亮亮偷走？那男青年是谁？

小红一听老梁问话,反而镇定下来了。我什么也没做,也不犯法,为什么说我是勾结外人带走亮亮？那男青年我也不认识。

你不说也行,跟我到派出所去。就这样,老梁把小红请走了。

来到李先生房间,夫妇俩一夜未合眼,红肿着眼睛。他们对老梁的到来,无地自容。

"李先生,该说的话,总要说了吧。为了亮亮的安危,我想知道你们和小红之间的故事。"老梁说。

其实亮亮并不是李夫人所生,而是李先生夫妇和小红之间达成一项协议后,小红为他们所生的。

事情是这样的:李夫人几年前得病,不得不把子宫割掉,她再没有做母亲的权利了。可是,随着经济条件的好转,"不孝有三,无后为大"的思想,在夫妇心中更加强烈了。就在这个时候,保姆小红走进李家。小红从大山走来,有着大山一样的纯朴,李先生早就被她的清纯吸引住了。终天等到有一天李夫人心情好的时候,李先生把自己的借腹生子的想法告诉了李夫人。一开始,李夫人也不同意,可是,面对别人的冷眼,李夫人答应试一试。但她告诫李先生不能感情用事,小红只是帮他们把孩子生下来,就没她的事了。

李先生把自己的想法对小红说了,报酬是10万元,小红生下孩子后,就必须离开李家。小红死活不同意,她想,自己是个黄花闺女,还没结过婚呢,就要生小孩?这怎么行呢?李先生也不逼她,他相信金钱的作用。

一个月后,小红同意了,李先生先把5万元存入小红的账户,就开始和小红过起了"夫妻生活"。在小红未怀孕期间,李夫人只好暂回娘家一趟。

3个月后,小红成功怀孕了,可李先生有点乐不思蜀了。小红的美丽,让他流连忘返。后来,夫妻为此事还吵了一架。亮亮生下来后,为了让亮亮健康成长,李先生建议让小红再带一段时间。李夫人虽然不同意,但也没有其他办法了。

亮亮在小红的哺育下,长得十分可爱,而且亮亮十分依赖小红,一天不见小红就不吃不喝。这也给李先生夫妇带来不可言传的痛苦。怎么办呢?小孩子一天天长大,将来还是你李家的人吗?

所以,李先生决定:明天就让小红回去,离开李家。而且李夫人的态度也很坚决,小红不走,她就死给李先生看。

明天小红就要走了,李先生把另外的5万元打入了她的账户。小红的行李也收拾好了,偏偏亮亮吵着要去商场买娃哈哈,李先生只好让小红带着亮亮去。谁知亮亮就不见了。

听完李先生的讲述,老梁证明自己的判断没有错。他马上奔赴派出所,提审小红。

真相大白了,原来,带走亮亮的男青年,是小红的男朋友。一开始,小红也认为 10 万元为人家生个小孩子,值!自己一个月才几百元工资,谈了男朋友也不敢再谈婚论嫁。于是,她就答应了李先生的要求。

孩子生下来后,小红准备拿着钱离开李家。可李先生又出了个主意:让她把亮亮带大一点,理由是李夫人没有带过小孩。小红只好答应了。但是,在和亮亮相处的日子里,小红的心全软了。她是他的母亲,亮亮的聪明,让她爱不释手。一开始,她是不忍心离开亮亮,到了后来,是亮亮离不开她了。怎么办呢?

小红只好把这事告诉在工厂打工的男朋友,经男朋友同意后,决定偷偷把亮亮带走,反正 10 万元已经到手了。于是,他们上演了商场那一幕。谁知李先生会去报案,让她的计划成空。

"小孩是我的,我一定要把他带走!"小红承认了一切之后,对老梁说。

后来,听说亮亮真的被小红带走了,而李先生的 10 万元也打了水漂。原因是李先生和小红的借腹生子协议不符合法律。

此时,李先生夫妇欲哭无泪,赔了金钱又丢了小孩。

本分人

欢欢和喜喜是一对好姐妹,初中毕业后,由于父母不让她们再读书了,俩人便结伴到深圳来打工。

来到深圳后不久,因为欢欢人长得漂亮,字也写得好,被安排到车间当统计,一个月有几千元。而喜喜没有这么幸运,她除了长相一般外,更因为喜喜说话如男人的声音,人也如男孩子一样的脾气,没有修养似的,所以她只能做一般工人。为此,喜喜暗中常常骂老板浑账,不识人才。她在暗中决心和欢欢较较劲,比比高低。她不想输给欢欢。

两年后,欢欢和喜喜都找到了男朋友。欢欢的男朋友叫阿顺,是工厂的总管。喜喜的男朋友是车间的指导工,叫阿雄。阿雄还是厂长的小舅子,手中的权力大着呢。

喜喜总算找到点平衡,她不再认为自己输给欢欢了。可喜喜晚上经常不回宿舍,总是和阿雄玩到深夜才回来,为此,欢欢没少数落喜喜。但喜喜不以为然。

欢欢和喜喜都有一个共同目标,就是在这个繁华的城市里嫁掉自己。穷山沟的苦日子她们过怕了。

一天晚上,喜喜下班后找到欢欢,哭泣着说自己怀孕了。欢欢很生气地说:"你怎么就这样随便给了男人?"喜喜说阿雄要她打掉孩子,她想拖死阿雄,让他和她结婚。欢欢沉默了很久,没再说什么。

可阿雄和喜喜从小打小闹到大打出手,终于在一个风雨交加的晚上,喜喜被阿雄打得流产了。欢欢只好叫来出租车,把她送到医院去。而阿雄却不顾喜喜死活,扬长而去。喜喜出院后,欠了不少钱,又做不了重活,还加上喜喜发话要报复阿雄,要不是欢欢,喜喜早就被工厂炒了。

为了喜喜以后的工作,欢欢找到阿顺,要他给喜喜加点工资,并调到成品车间去。阿顺说:"只要你答应我,我就为你摆平喜喜的事情。"欢欢不解。阿雄说:"马上和我同居,我说话也有点分量,只为我们是'夫妻'了。"

欢欢摇摇头说："你要帮我,我会报答你,但不是以此为条件的。"由于欢欢的"不配合",喜喜加薪的希望成了泡影,阿顺也和她有意无意地拉开了距离。欢欢痛定思痛,脑子一下子清醒了:柳山村千百年来的贞操观念,她已潜移默化到骨子里去了。她不是喜喜,没法接受这种开放。随着阿顺的离去,欢欢明白了:没有多少文化的她们,这繁华的城市是不会欢迎她们的。随着欢欢被"下放"到车间,回家的打算始终在欢欢的心头。

南方的繁华和富足,始终无法挽留欢欢一颗寂寞的心。临春节时,她和喜喜终于回到了柳山村。

喜喜除了一趟路费外,到家里时一无所有了——她依然是一山村妹子的打扮。欢欢则不同,她在厂子里工资高,手中还有几万元不算,还有几身名牌。虽然人早已不在深圳了,可欢欢照样天天抹着口红,穿着短裙走村串户,习惯是很难一下子改变的。

可柳山村约定俗成的习惯又让欢欢坐立不安了,哪有像欢欢一样24岁了还没有出嫁的姑娘?妈妈更是发愁,媒婆王大婶为什么一步也不肯踏入她的家门?人家喜喜回家不到两个月,就被王大婶介绍给村主任的小儿子,并在春节后入了洞房,一时被传为佳话。这时,欢欢想到了小山。小山在欢欢离开深圳前,曾经给她写过情书,欢欢虽然没有答应,也没有反对的意思。如今,听说小山尚未婚配,欢欢告诉娘,想去看看小山,说不定能重拾曾经失去的恋情。

小山家虽在山村,但他那一幢二层小洋房,引起村民的注目。小山这几年靠种养发了点财,并带动村民走向致富的道路,村里人对他是有口皆碑的。

欢欢在果园里见到了小山,小山很惶恐地把她带到家里便沉默不语了。欢欢感到奇怪了,一向胆大心细敢说敢做的小山,为什么一见到自己就寡言少语？欢欢一下子清楚了小山有意回避自己原因。她小声问道："小山，我没什么不好吧？"

"听说你在外面……"小山欲言又止。

"小山，难道你也相信别人的流言？你认为我是那种人吗？"欢欢长叹一声，强忍着快要流出来的眼泪，就头也不回地走了。

欢欢刚到家门口，娘和王大婶的对话，句句如针扎在欢欢的心上。娘几近哀求地对王大婶说："她大婶，你看欢欢过年后就是25了，柳山村哪有25岁不出嫁的闺女呀？"王大婶听完后，长叹一声说："不是我不帮你家欢欢，只是……要不这样，村西的憨老大刚死了婆娘，或者王家的王二柱，他们年纪是大了点，可配你家欢欢，也算门当户对呀！"

娘很生气地打断了王大婶的话："我家欢欢可是黄花闺女，怎么可以……"

王大婶再次叹了一口气，欲说还休的样子。经过娘再三催促，她才说明事情的原委。

山外总是流传着这么一句话：男人有钱才变坏，女人变坏才有钱。咱村里人眼睛亮着呢，好人坏人一眼就看出来了。你看人家喜喜，从家里到深圳，又从深圳到家里，该啥模样就啥模样，一点也没变。村主任的小儿子也是有福的，人家一回来就娶过去了，也不用我多费口舌。全村老少爷们一看就知道这闺女是个本分人，会过日子的。可你家欢欢，穿金戴玉的，嘴上涂得红红的，哪像个正经女人？你看她穿着那么短的裙子，领口那么低的衣服，两奶子都快露出来了。欢欢和喜喜要是同在一个厂子里做，为什么只有欢欢有钱有好衣服？村里的老少爷们说，欢欢就是那种变坏才有钱的女人，不是那种女人也不会有这样的打扮。一个不守本分的女孩，哪个正经人家敢要？

欢欢再也听不下去了,全身的血液顿时凝固了。她突然感到一阵头晕,天旋地转地倒在地上,不省人事。娘赶快冲出门来,她似乎明白了什么,抱着欢欢呼天抢地哭叫起来:"欢欢,这是为什么,这是为什么?"

欢欢在家里躺了十天,头上的伤疤好了,心头上的伤疤却一天比一天沉重。她再也不敢走村串户,她受不了让人们指指点点,说自己不是本分人。

一天早上,欢欢收拾好几件换洗衣服,悄悄消失在村道上……

残 荷

一支荷叶艰难地伸出水面,她往四周一瞧:池塘不大,只有几根水草,但就是没有亲人,没有朋友。只有她孤独地立在水面上。

这是何等的悲哀啊!一阵冷风拂过水面,荷叶左摆右晃,站立不稳。水随着风溅在她的脸上,她伸手一摸,那是腮边的眼泪。特别是脚下的泉眼,不偏不倚地在她身边涌出,本就没有多少泥沙的她,随时都有被风和泉水毁灭的可能。荷叶无助地望着浅塘,为什么受伤的总是我?

与其被泉水毁灭,不如挪个地方,或是把根深深扎进泥里。荷叶努力过,挪动地方是不可能的,她没法改变这可怕的现实。荷叶挺了挺身子,努力把根伸进不算松懈的泥里。只有这样,才能勉强生存下去。

不知过了多久,一个小孩路过这口小池塘,他惊讶地大叫:荷叶,这里有一根荷叶!小孩看看在风中颤动的她,回家带了把锄头,把周围的泥土拢在荷叶的身边。荷叶站稳了,她朝着小孩笑笑,小孩也对她笑笑,尽管他的小手早就冻得通红。

小孩临走前对她说:"我要上学去了,放学后再来看你。好好长大吧,我希望看到你开的荷花呢。"

荷叶不再孤独了,还有那个小孩牵挂着她。她得努力让自己长大,长成一片荷花,一片让人赏心悦目的荷花。就这么想着,她把根再往深处猛扎,又挺了挺身子。每天晚上,她都能做一个好梦,那就是她的兄弟姐妹,顿时布满了小池塘。她笑了,醒过来时,还发现那笑残留在腮边。

阳光摩挲着她的小脸,雨水轻轻擦拭她的腮边。荷叶开始觉得日子过得很充实,她发现自己长高了,长胖了。白天,她感受着阳光;夜晚,她沐浴着雨露。她知道,星星也在眨着眼睛鼓励她呢。不知什么时候,池塘里多了几尾小鱼。小鱼在她身边嬉戏、捉迷藏、窃窃私语。荷叶高兴起来了:我怎么就没发现身边的朋友呢?

是的,还有那位惦记着她的小孩。她再把身子挺一挺,再把根往泥土中扎进去。一觉醒来,她忽然发现自己身边多了个小伙伴。虽然她还是那么小,没在水里。但总有一天,她也会像自己一样,伸出水面,长大起来。

小孩可能是学习紧张,也可能早就把她给忘了。但是,因了小孩的那句话,她必须让自己壮大起来。她努力着,累了,睡一觉,困了,听听泉眼发出的低吟浅唱。日子总在希望中度过。

她是被小孩给叫醒的。"哇,荷花!好漂亮的荷花!"她睁开眼睛一看,是她和小伙伴们开的,小小的池塘开满了荷花。羞涩

而有精神的荷花,正对小孩笑着呢。

"我们都长高了,下学期我就上初中了,没有时间来陪你。但我知道,你会越长越好的。我们一起长大吧!"小孩恋恋不舍,一步三回头地走了。

发现这池塘里开满了荷花,让人们惊喜异常。谁也不曾想这即将荒芜的小池塘,会给人们长出一片惊喜来。惊叹、欣喜的同时,人们把小池塘围起来,砌上了假山,再把杂草除去,一塘的荷花,灿烂地开着。

我终于不孤独了!我终于被人们认可了!小荷叶看着自己的强壮的身子,笑逐颜开。

打工归来

三儿,回来吧,人家正年轻呢。母亲给陈三打了几次电话,要陈三回家看看。

"人家"?这个人家就是陈三三年前娶过门的婆娘,20多岁,是正年轻的时候。

陈三想,男人以事业为重,多挣点钱再回去也不迟。

然而,母亲的电话不依不饶。后来,陈三知道了这电话中的言外之意,马上收拾行李,赶上回家的末班车。远远就看到自己熟悉的家园,西房里灯光暗暗的,透露出些许暧昧。他和媳妇的爱,就是从这里启航的。

忽然,一条黑影从墙角闪过。陈三不动声色,敲开了房门。

门开了,媳妇正坐在床前,一头秀发凌乱不堪。她还是那么亮丽,只是不敢直视陈三。

"回来了,怎么不说一声?"

"临时决定的。"

"那,你吃什么,饿了吧?"

"不饿,一个人在家还好吧?"

"还行。"

"我没在家的时候,都有谁来过?"

"前天晚上二愣的儿子发烧,来找我拿点感冒药;昨天晚上对门刘大嫂来借过米箩子……"

"我说的不是这些,刚才我发现有人打我们家门口经过,他是谁?你说!"

"活见鬼了,能有谁?给你煮点什么?"

陈三咬了咬嘴角:"搞个木耳汤,我要喝酒。"

"喝酒?"

"别废话,叫你做你就做。"陈三又瞪了媳妇一眼。

媳妇走进灶间烧汤,陈三在房间里搜索着。"任何事情的经过,都会留下蛛丝马迹的。"陈三在外面早就听说过这话。

过了一会儿,陈三在床底下找到一只鞋子——男人的鞋子。

媳妇端着汤进来,放在桌上,神色有点恍惚。

陈三把鞋子拿出来,也放在桌上:"你看这是什么东西?"

媳妇一看脚就软了,她扑通一声跪在地上:"你打我吧,我错了。"

"这么简单?我要你去死!"

"去死?"

"留你干吗,让我戴绿帽子。"

"好吧,这就去。我想死得风光一点。"

媳妇转身走进卧室,陈三就着木耳汤,一瓶老酒已经喝了一半。还不见媳妇出来。真麻烦,死就死,有什么好风光的?死不要脸!

苦,这酒很苦!陈三又呷了一口,吐出一口气来,三年了,就这样了决?

过了一会儿,媳妇出来,哇!一身素裹,长裙飘荡,眼如秋水,脂如粉玉。泪水涟涟,香汗直冒。

媳妇再次跪下,有点发抖:

"我,怎么个死法?"

"上吊!"

"那我去了。"

媳妇进了卧室,陈三就听到了搬凳子的声音。一条绳子捆在梁上,媳妇打了个活结,就要套上去了。陈三把酒杯一摔,大声叫道:"你给我回来,不就一顶绿帽子?压不死我的。咱们打工去,行不?"

"行,你愿意带我去吗?不要再把我留在家里了。"

"愿意……"

借口公司

近段时间来,我失业了。差一点的工作我不要,好一点的工作不要我,就这样高不成低不就坐吃山空了。我不甘心地想:凭我有着大专文化,聪明发达的思维,我不相信我会走投无路的。

是的,我突然发现了一条生财之道:帮别人找借口!因为在我流浪的日子里,很多人总是以种种借口来欺骗最亲近的人。夫骗妻的,子骗父的,下级骗上级的,兄弟姐妹、同事之间、朋友之间互相欺骗的。但是,他们在欺骗对方时,所找出的借口都不是很恰当,难以让对方心悦诚服。这样的话,编造的借口很容易被对方识破,达不到预期的效果。因此,很多人总处于非常痛苦之中。

我一下子来了灵感,这是一条无本的生财之道,如果我能凭三寸不烂之舌,为当事人编造一个既合情合理又恰如其分的借口,那么,当事人一定不会吝啬手中的钱财。主意一定,我马上招来几个漂亮的女孩,由我亲自培训。经过一段时间的努力后,我的"借口公司"终于在闹市开张了。

我接的第一单生意是一个少妇。她诉说自己不小心和初恋情人有了一腿,这恋情却被丈夫发现了。她说她不知道该怎么去向丈夫编造一个完美的借口,要不,丈夫一定会和她离婚的。

我一听完,这还不好办?我马上对她面授机宜:首先要告诉丈夫自己是很爱他的,之所以会和初恋情人有过"一夜情",是因为想确认一下自己是不是有那种定力,是不是很爱自己的丈夫。经过这事之后,我发现我是离不开你的,尽管我不小心出轨了,但我的心永远和你连在一起。

那少妇听完我的话,怀疑地看着我:"这能行吗?"我劝了劝她,并告诉她在叙述上述语言时,一定要加入自己的感情,就像演员进入角色一样。只要是声情并茂的诉说,就算是石头心肠的人也会被你生动的表演而折服。

第二天,少妇一走进我的公司,就"扑通"一声跪在我面前:"老板,非常感谢你为我找的可以说得清的借口,我丈夫原谅我了。"接着,少妇给我奉上1000大洋,我的生意成功了。

开张大吉,我更加信心百倍地投入服务之中。您别说,想找借口的大有人在,今天是张三在找借口,明天是李四在找借口。唯一不同的是借口对象,内容几乎可以套上去了。

有一个客户是一位商人,他骗了朋友的钱,且无力还清朋友的钱,又想找个可以完美圆谎的借口。于是,他找到了我。我根据对方的需要,为他编造了一个合情合理的借口。我告诉他,你就这么说吧:朋友,你是我的好朋友。俗话说,多一个朋友多一条路,你说我会把这条路堵死吗?之所以至今还欠你一点钱,一来我的资金周转困难,二来因为我们是朋友,所以我想肝胆相照的朋友,就算欠你一点钱,你也不会过多为难我的,在我生意发达的时候,我一定双倍奉还给你。

这商人听完我的话后,半信半疑地看着我:这能行吗？我对他说,保证能行。当然,你在表达自己的思想感情的时候,也一定要融入一些必要的情节。比如说信誓旦旦,比如说情真意切,让对方确信你有还钱能力,只是目前还不能做到而已。

两天后,那商人果然把钱送上门来了。他说:"谢谢,万分感谢老板,要不是你,我在商界就无法立足了。我那朋友答应我明年再还他的钱了。"他还说交我这个朋友,仗义,值！同样,我又收到一笔不错的报酬。

就这样,我的借口公司越来越兴旺,办公室常常是车水马龙,人来人往,生意好得不得了。我手中的钞票也越来越多了。看看日渐鼓胀的腰包,我笑得眼睛眯成一条线了。我想,过不了多久,我也是百万富翁了。

可是,我又马上沮丧下来了。因为我发现,我的员工也常常以各种借口来搪塞我。要么今天有事不能上班,要么迟到是因为路上塞车,要么家里需要钱,要我先借给他等等。最主要的是,我的女朋友也经常以各种借口来搪塞我,说什么没有准时约会是因为身体不舒服,说什么和别的男人约会是因为想考验我等。最惨的是女朋友把我辛苦挣来的钱一扫而光,说是怕我乱花,为我保管。可女朋友就这样一走了之,并从此杳无音信。我的员工也会以各种种借口,把我的钱占为己有,并说是一时太忙忘了交给我。要是我不说他们还会还给我吗?

自从女朋友携走我的钱之后,我对手下的员工进行过一番教育。但是没用,因为我平时总是教育他们怎样给客户编造什么样的借口。所以,他们以其人之道,还治其人之身,把我的生意搞惨了,之后,又卷我的金钱,一走了之。

完了!谁想到这具有充分理由的借口,却成了我的员工对付我的最佳办法。痛定思痛,我只好把我的"借口公司"关门了。再这样下去,我得连老本都亏尽。

我辛辛苦苦经营三个月的"借口公司",终于以失败而告终!

贼性不改

劳改犯丁红终于结束了监狱生涯,回到村里。

他变了个样,从不和别人打招呼,当然,也没有人理他。他这种人,人们唯恐避之不及。

丁红坐了3年牢,听他自己说是冤枉的,当时稀里糊涂就被抓了。

让人们意想不到的是,他回到村里不到五天,五爷的电视机就被人偷走了。

人们把各种怀疑的目光指向丁红:丁红整天魂不守舍,鬼鬼祟祟的,不是他偷的能是谁?

有人总结:"狗是改不了吃屎的!"

五爷的侄儿三富说,贼性!只有丁红不在了,才不会再丢东西。众人认同。

五爷火了:这不争气的小子真是贼性难改,我就不信他真的改不了。30多岁了,还不务正业。他马上报案。

派出所的同志来了几个,以前发生过这事吗?民警问。

自从丁红进了号子,就没发生过这事。你看,他刚回来几天,就……五爷说。

没有证据,不得乱说。民警说。

此事不了了之,丁红更不敢在人前走路了。他怕人们看他的眼神。

几天后,四爷家的公牛又不见了。

再不把丁红抓起来,我们的日子就没法过了!这回村民们被激怒了,异口同声地说。只想尽快把丁红抓起来,他真的是贼性难改。

废了那小子,反正留着也是个祸害!有人大叫。

这次,还有证人说,丁红经常早出晚归,不是他会是谁?不偷,他日子过得了吗?捡破烂,我看是借口。

三富说,把丁红抓起来,什么事情都解决了。

丁红红着脸分辩:你们谁看到是我偷的?话说完,又低着头走了。

你们看:做贼心虚!不是他偷的他脸红干吗?三富又说。

然而，派出所民警来过之后，记录了一会儿，也没有说丁红是否与本案有关，就走了。

村民们说，民警怕强盗！

事情经过了一段时间后，丁红照样早出晚归，捡他的破烂，他似乎对人们的议论视而不见。

丁红，你能不能改一改？真想就这样走下去？你太让我失望了。五爷指着丁红悲愤地说。

五爷，这……他们说的，你也信？丁红的头低低的，不敢抬起来。

五爷发誓：丁家再也没有丁红这个子孙了。他后悔自己没有把丁红调教好，对不起他死去的父母。都是我的错啊！五爷捶胸顿足。

一个月黑风高的晚上，二叔从五爷家回来，在自己的院子里发现了丁红。此时丁红浑身是血，奄奄一息。他张了张嘴，想说什么，却什么也没说——他死了。而二叔的摩托车却躺在离丁红不远的地方。

丁红的死，村民们拍手称快。真的是贼性难改，这个祸害终于走完了自己罪恶的一生，该！他们一致认为丁红是与同伙分赃不均，而导致同伙互相残杀而死的。

三富看了看丁红，脸上露出了微笑。

让人们意想不到的是，这回派出所很快就破了案。民警已经把凶手捉拿归案了。

这天早上，派出所的警车冲进了村里，接着，民警持枪冲进了五爷的房间，把三富铐起来。消息传来，令人震惊：凶手竟是五爷的侄儿——三富所为。原来三富不务正业，和社会上一些不三不四的人混在一起，染上了毒，吸上了粉，只好偷走了五爷的电视

机，卖了买粉。但吸毒是个无底洞，他能有多少钱？所以，他就故伎重演，刚刚偷到二叔的摩托车，丁红从外面捡破烂回来发现了他，两人扭打在一起。

丁红说，你自己做贼还赖到我头上，我要洗清自己的罪名！走，跟我上派出所去！

你？就凭你？人家早就知道你的贼名了，走开，别管闲事！丁红依然拉着摩托车不放。后来，丁红被三富一棍子打昏了，三富怕丁红声张出去，又在他身上捅了几刀……

村民们这才恍然大悟。

刘二根失踪案

刘二根是镇办公室的文书，突然失踪了。

凡是刘二根能去的地方，镇长都派人找过了，还是没刘二根的影子。

镇长一行人找到闽江边，意外地捡到了刘二根的一双破皮鞋。镇长提着破皮鞋，发呆地望着闽江水，他回头对身边的人说：报警！

派出所很快立了案。

所长想破了头，刘二根是死是活？死则尸体在哪里，活则人在何方？如是死，是自杀还是他杀？

正思考中，一个民警报告：在刘二根的皮鞋里发现一张遗书和一份怪异的地图。

遗书上写着:别了,故土,别了,父老乡亲,我已随江而去,带着愤怒,带着一腔热血,留下一张"寻宝图"和死不瞑目的希冀。

遗书上还有斑驳的泪痕,经法医鉴定,遗书乃刘二根亲笔所写。

人命关天,且案子比较蹊跷,市公安局刑警队不得不介入此案。

据查:刘二根,男,29岁,大学毕业生,党员,本镇人,至今未婚。刘二根大学毕业后回镇政府工作,工作认真负责,任镇秘书、团委书记、纪委副书记。因把口不严,泄露党委会机密和男女关系等问题,被解除一切职务,作为一般干部留在镇办公室抄抄写写,做一些打杂的工作。

初步认定:刘二根系自杀。

但理由不够充分,证据也不充足,有待进一步查证。

刘二根泄露党委机密的经过是这样的:年前,镇党委开会研究春节来临如何发放过年奖金的问题。党委成员、镇企业办公室主任说企办有一笔钱,若镇机关人人都发,每人只能吃一只小鸡,若局限于党委成员和镇领导的小范围内,则人人可领到一头猪。大家听后建议在小范围内发算了,但没有一个人明确表示同意。没有表态就是默认,表示通过。最后由镇长拍板,一致通过。但刘二根坚决反对,最后保留意见。在追查泄露的结果,与会人员一致认为只有刘二根,因为当时他持反对意见。

刘二根的男女作风问题是这样的:刘二根共处了几个女朋友,但没有一个要和他结婚。最短的女朋友是镇长的女儿,也是刘二根所有女朋友中最漂亮的一个。女朋友为了让刘二根忘掉曾经的前女友,在一个漆黑的夜晚,摸到刘二根的床上,把最宝贵的东西献给了刘二根。此事正好被早就想当党委书记的副书记

发现了，叫人在刘二根床上抓了个现行。镇长为了自己尊严，果断牺牲了刘二根。

刘二根是否因为刺激而寻的短见呢？难说。问及刘二根的女朋友——镇长的女儿，也是茫然不知。她只是说刘二根早就对当镇长的父亲非常不满。案情没有重大进展，于是，此案被晾起来了。

所长心有不甘，也很固执，按照自己的做法，研究起寻宝图来了。有人劝所长不要瞎子点灯白费蜡，刘二根就是受了刺激，学电影电视上的寻宝故事，编个寻宝诺言，糊弄活人的。

所长不灰心，往往"正常"的案件，总会牵涉到很多不正常的事情来。功夫不负苦心人，所长终于破获了刘二根的寻宝图，并按照寻宝图的指引，在一个偏僻的石洞里，找到了"宝物"，送到市公安局局长的手上。也就是当天下午，"宝物"转到了市纪委的手上了。

刘二根的案子，牵出了一连串经济案。

当人们忘记了刘二根，正在津津有味地谈论镇长等人如何被绳之以法的时候，已经死了的刘二根竟活着回来了。

震惊之余，有人问刘二根，你怎么死而复生了？

刘二根淡淡一笑：我不死，镇长他们能有今天？

年　审

　　前年买了部新车,各方面性能都很好。但近段时间来,方向盘出了点小问题,转向不灵活。再者就是刹车也有点小问题,时速上了 80 公里,就得小心点。要不,碰到突发性的事件,是刹不住车的。前天就差点出了事故,我至今还惊魂未定。

　　对了,我想起来了,今年还没有去年审。交警大队早就通知我,车子已过两年,要尽快年审,否则再上路的话,就会对未审的车辆进行处罚。

　　但我就是忙,生意上的事已经把我忙得焦头烂额,哪有时间去排队年审? 当然,我还瞒着妻子不时和初恋情人小红约会。虽说我不算是成功人士,但也算是事业有成。生意加约会,要做到天衣无缝,掩妻耳目,真的又忙又累。所以,我总是一拖再拖,得过且过。就此问题我问妻子,干脆我们不去年审,大不了就罚几个钱,我们又不是出不起。

　　妻子笑笑,笑得有点狡黠。我不解,妻子说:"车子能不年审吗? 两年多了,你能保证它平安无事? 通过年审,我们可以发现车子存在的毛病,从而给车子检修,让车子更完善,也能避免不安全因素存在,这不是很好的事情吗? 我真不理解,你为什么那么怕年审。"这车子是我们两年前结婚时买的,大红色的,妻子钟爱的颜色,意即红红火火。也真是这样,这两年是我生意上的巅峰,而且妻子贤惠,情人可爱,我没有什么不满足的了。

这倒霉的年审,既然妻子发话了,不去也不行了。根据我的车牌号尾数,我定于下个月去年审。

那天,在年审处,交警告诉我,我对车辆太随便了。车辆要按《车辆使用手册》操作及保养。在出车前,要做常规检查,如机油、刹车油、冷凝水、轮胎气压和灯光等,若发现问题,须报送指定的维修点维修。你这车子大毛病是没有,可你并没有注意一些小毛病。这是你没注意到的,它有可能导致交通事故。这可是人命关天的事。所以,年审非常重要,可以为你解除后顾之忧。回去后,马上送去检修一下。

我以前真的没注意到这些,听了交警的话,我醍醐灌顶了,马上把车子送去检修,然后没事似的把车子开回家。

妻子早就在家门口等我了,走进客厅,饭菜摆得好好的,没有人动过。我这才想起来,现在已经是下午3点,妻子为了等我,竟没有吃饭。当妻子说要为我热饭时,我说我早就吃过了,在汽车行吃的。当然,我没敢说出小红的名字。

"过来一下,好久没有和你说过悄悄话了。"我刚坐下,妻子就对我说,并拿出一个小本子给我看。"老夫老妻了,还有什么悄悄话?"我也笑笑说。妻子不说话,只让我看看她手上的小本子。

我接过小本子一看,只见上面记着:"婚姻时间:外出'应酬'53次,酒醉迟归35次——注:超过下半夜1点,小醉导致胃痛7次。

家庭共建:全年基本上没做家务,尤其不洗衣服;

婚姻建设:妻子生日请吃饭时,没有时间陪同,说是生意繁忙,且当天晚上半夜方归。"

"哪有这事,你瞎编的。"我不承认。

妻子不慌不忙地让我看仔细点,上面可有我的签名。我恍然大悟了,每次醉酒夜归之后,妻子不问我去哪里,去做什么,而是拿出这小本子,让我签名。当时我没想那么多,马上就签名了。

"其实,我什么都知道了。小红是你的初恋情人,你们偶尔见见面也无可厚非,可你总是太过分了。"妻子红着眼睛说。

接下来,妻子又自我检讨她一年来在婚姻建设、家庭生活方面的诸多不足,也请我原谅。

后来妻子总结说,这就是我们的"年审",以此"检修"婚姻中的问题,以达到和谐、美满,并且以后每年"年审"一次。

我的脸马上红了,立即给小红发了个短信:"相见不如怀念,不要说再见!"

朋友借钱

前天,接到母亲的电话,说是来喜夫妻要来南方找我,要我一定好好接待他们。

来喜要来找我?我一下子纳闷了。来喜是我小时的老乡加朋友,我们俩一块穿开裆裤长大,直到高中毕业。后来来喜没考上大学,留在村里,再后来就没了他的消息。

那天下午,我刚下班,就接到来喜的电话,他要我们夫妻去酒店吃饭。我知道他们夫妻刚到南方不久,找的工作工资也不高,还让他们破费,真有点说不过去。后来还是妻提醒了我:他们肯定是来找我们借钱的!这世界上没有免费的午餐。是啊!我怎么没想到?要不,他怎么会平白无故请我们吃饭。

不去，显得有点不近人情；去了，却又比吃"鸿门宴"还难受。可来喜的电话不依不饶，最后，在妻子满怀愤慨的眼神中，我们还是硬着头皮去了。

一桌菜真的丰盛，我们怀着忐忑不安的心坐下来，一边抱怨来喜不该摆这么丰盛的酒菜，太浪费了，一边在来喜夫妻的热情招呼下，享受美酒佳肴。来喜却憨厚地笑着说："十几年了，难得见一次面，就算浪费一点，也是应该的。你不知道，这么多年了，除了老婆外，最和我合得来的，就数你了……"

我感觉到他的话隐藏着不可告人的动机，只是时机未到，他没有发表而已。

他这话把什么都说绝了，由不得你有任何意向的推托。好吧，既是这样，恭敬不如从命，我们就厚着脸皮吃了。多年未曾谋面，三吃两吃很快就进入了状态。来喜喝了点酒，红了脸。他讲述了家乡的种种变化，也讲述了婚后的艰辛生活。最后，他说一切都过去了，艰辛也没什么可怕的，好在儿女也长大了。最难能可贵的是友情，能和我这样的朋友一起吃顿饭，幸莫大焉！这话多么亲切，使我想起了我们儿时一起嬉戏的情境。

酒喝得差不多了，饭也半饱，妻突然想起什么，用脚从桌下面踢我一下。我一下子明白了，妻的意思是要我问来喜需要借多少钱。也真是的，我怎么把这重要的事给忘了。反正饭吃了，酒也喝了，最难过的这一关也非过不可。于是，我把嘴巴凑近来喜："说吧，老弟，要借多少钱？做什么用的？别客气！"

来喜似乎没听明白我问他的话，他疑惑地看了我一眼，拿起酒杯又继续喝酒。

我也端起一杯酒敬他："说吧，别不好意思，朋友之间有什么话尽管说，只要我帮得到的，太多没有，你是知道的，我的工资也不高,小孩还在上学。但是,一万几千的我一定尽力而为。"

来喜听完后哈哈一笑,摇摇头说,我不需要你帮什么,也不是来找你借钱的。我们俩的工资也有两万多元,够吃够穿。朋友之间多年没见面,在一起吃顿饭也不行?

我突然怔了,良久,我才回过神来。好在有酒精涂红我的脸,让我多少可以掩盖一点。行行行,我连唤三声。我只是和你开开玩笑而已,朋友之间一讲到钱便俗气了,你说是不是?我尴尬地笑着附和。

这就对了,我现在真的不是需要钱的时候,我需要的是我们的友情!一清二白的友情!这南方就数你和我亲了。不要以君子之心,度小人之腹啊!来喜仰头把酒倒进嘴里去。

奇怪的电话

午夜,头痛得很厉害,晚上和朋友贪喝了几杯,就有点控制不了自己,一躺上床,就呼呼大睡。突然,我的手机响了,话筒里是个稚嫩的小女孩的声音:"爸爸,你快回来吧,我好想你啊!"凭直觉,我知道又是个打错的电话,因为我还没有结婚,哪来的女儿?头正疼着呢,偏又来个无聊电话。我没好气地说了声:"打错了!"便挂断了电话。

第二天起来,我就把这事给忘了。可是,到了晚上,这个电话竟又打进来了,还是那个女孩的声音。真烦死了,爸爸长爸爸短地叫,非让我当爸爸不可。

此后几天,这电话天天地打来,我的正常生活被搅乱了。后来的几个晚上,为了避免这个无聊电话的骚扰,我把手机关机了。

可是,第二天一开机,这电话又打进来了,还是那个小女孩。我想,要么是真正没爸爸的野女孩,要么是有钱人遗弃的小女孩。这年头这种事情太多了。

我不接,刚按下红色键,手机又响了,一看电话号码,我就知道又是她了。我终于耐住性子接听,那个女孩着急而紧张的声音马上从话筒里传来:"爸爸,你快回来吧,我好想你啊!妈妈说这个电话是你的手机号码,为什么不接呢?爸爸,我好想你啊!妈妈说你工作忙,暂时还回来不了,可我已经好久没有见到你了,快回来让小冰看一看,好吗?"孩子天真的要求不容我拒绝,我对着话筒说好好好,处理完这些事情我就回去。就听到孩子那边欣喜欲狂的声音:"谢谢爸爸,我好高兴。"

这电话几乎隔两天就打来一次,而且是在晚上,我非常烦恼,但我又不能不接,只好不厌其烦地接下去。心想改革开放把人的思想开放得收不住缰,于是,就有了这些痴女怨男的孽情故事。可怜的小女孩就是大人们游戏人生后的牺牲品,但她并不知道大人们的事,造成到处认爸爸的可悲现象。我突然对这个电话发生了兴趣,这不正是我写作的另一种好素材吗?

这天晚上,打电话的换了个人,不是女孩而是一个30来岁的女声:"对不起,先生,这段日子一定给您添了不少麻烦,实在对不起!我本想早就给您打电话道歉的。可我一直拿不出这个勇气来,她爸爸是个警察,不久前在云南执行任务时光荣牺牲了……我实在不敢把这个消息告诉她,她每天找我要爸爸,刚开始我给她编了很多谎言,到了后来,她不相信了。她说别人家的爸爸都是和小孩在一起,为什么爸爸不在我身边?我实在不忍心看孩子这样,那天就随便编了个手机号码,说打这个电话给你爸爸吧,他会告诉你什么时候回来……"

"那孩子现在怎么样了?"我迫不及待地追问。

"小冰现在生活得很好,读书也很用功,她一直在期待着爸爸回来,我不知道以后该怎么向孩子交代……"女人的声音有点哽咽。

我再也说不出话来了,只有举起右手,学着军人的样子,朝着远方敬了一个礼……

奇　招

滨海市教育局局长刘大东自当上局长后,爱上了"砌长城",每晚酣战,通宵达旦,从不间断。局长曰:必要之应酬。夫人怨声载道,却又无可奈何。

一天晚上,外面的防盗门有节奏地拍了三下。按常规,这是刘局长回家的信号。正在辗转难眠的局长工夫人抬头看了看墙上:墙上的石英钟正指向1点。这死鬼又是半夜三更才回来,谁知道是饮酒寻欢还是修理长城?他从不把老娘放眼里,好,我叫你瞧瞧!

局长夫人跳下床来,门外又有节奏地响了三下。夫人不动声色,操起门边的小扫把,猛地把门拉开,一阵猛打。

"滚吧!老娘不稀罕你,你滚吧……"

不容分辩,门外的人连滚带爬滚下了楼梯。

此时门外不是别人,他正是本市二中高中语文老师梁本德。梁老师有个女儿刚从师范学校毕业,听说如果没有关系的话,会分配到偏远的山村去。宝贝女儿哭着要老爸替她想个办法,无论如何也要通过关系把她的工作安排在市内。

梁老师犯难了,自己清清白白做了20多年的教师,从没有做过什么见不得人的事。他为人刚正,不屈不挠,这回真叫他为难了。现在的年轻人!唉!梁老师叹了一声。

老伴也在身边发话了:"就你死脑筋,当了20多年的教师还是个教师。自己窝囊也就算了,连女儿的工作你也帮不上忙,我都替你汗颜。"

梁老师被她们母女俩逼得无路可走了。罢了,就这样吧,丢一回老脸了。

第二天晚上,梁老师花了几百元买了两条好烟,一瓶洋酒,借着夜幕的掩护,来到刘局长门前。

梁老师思索再三,就是抬不起他的右手。"僧推夜下门,是推还是敲?"他又返身走下台阶。

如此往返了几次,想想女儿的工作,想想老伴的脸色,梁老师终于壮着胆子敲响了刘局长的家门。

本想等门开后把自己背好的台词一古脑倾倒出来,没想到迎接他的是一阵扫把。狼狈逃到楼下的梁老师心中犯难起来了:人们的传闻不可靠,刘局长也不吃腥了?

梁老师回到家里后,越想越气,苦无良策,两眼对着天花板发呆。

"有了!"突然梁老师一拍大腿,灵感即到,"就这么着!"

几天后,市晚报以头条新闻刊登了梁老师撰写的通信:说是本市教育局刘局长为拒腐蚀,巧妙地叫夫人以另一种方式拒贿,局长的高风亮节是教育界学习的榜样云云。当天晚报被抢购一空，刘局长的大名名扬滨海市，成为妇孺皆知的好局长。

几天后，梁老师的女儿被分配到本市最好的中学——滨海市一中工作。

再过几个月，刘局长晋升为主管教育的副市长。

亲　殇

小谭终于考上大学，他那高兴劲就别提了。

小谭的家是个特殊的家庭，父亲得病去世后，母亲改嫁了。那年，小谭只有6岁。12岁的姐姐正上6年级，只得辍学，收点破烂供小谭上学。姐弟俩相依为命。

穷人家的孩子早当家，姐姐很快就成熟了，如母亲般给了小谭双重的温暖。姐姐总有办法挣钱，让小谭上完高中。如今，小谭考上大学了，他高兴，姐姐也高兴。接到录取通知书后，小谭哭了，姐姐也哭了。对他们姐弟来说，这是大喜事。

姐姐外出了一段时间，终于挣来了小谭上学的学费。小谭高高兴兴地上学去了。

小谭上学后，姐姐给他打了个电话，要他好好读书，她要外出打工，让他安心完成学业。小谭想起姐姐那美丽的脸，因为他的学业而愁成蜡黄，他知道唯有努力学习，才不会辜负姐姐的期望。

姐姐每月按时给他汇来一点钱，让他没有后顾之忧。可时间一长，小谭耳闻目睹了太多的同学花里胡哨的生活，他也忍不住

了。姐姐寄来的钱,他除了平时的生活费外,还有不少余钱,于是他在外面租了房子,过上了租房一族的生活。

B城是个开放城市,三六九等人样样皆有。B城最大娱乐城"君再来"夜总会,新来一位艺名叫黑玫瑰的三陪女,长得天姿国色,不少公子哥争相捧场。

有钱的小谭不甘寂寞,他早就把姐姐的嘱咐丢之脑后,也经常旷课到娱乐场所游荡。没过多久,他就干脆逃学,过上逍遥的日子。不少同学听说"君再来"来了个令人销魂的黑玫瑰,纷纷前去捧场。他们传神的描述,让小谭心旌荡漾,决心去会一会。

预定几天,终于可以见到黑玫瑰了。这天晚上,小谭打扮一新,活脱脱是个有钱人。晚上8点,小谭准时来到"君再来",在一间高级包间等候黑玫瑰。

终于来了!8点正,黑玫瑰轻轻推开包间,轻轻在沙发上落座,随她进来的,是一股淡淡的沁人肺腑的幽香。

小谭心醉了,这绝色美女就在眼前了。他转过身来,狠狠抱起黑玫瑰。"想死我了,宝贝!"

"小谭,是你?"一个熟悉的声音在小谭耳边响起。

小谭放下黑玫瑰,惊恐万状地望着她。天啊,这是怎么回事?

"姐,你就是黑玫瑰?"

"小谭,姐姐辛辛苦苦挣钱供你上学,可你不学好,却来这种场所消费,你让姐失望了。你知道吗,你花的是姐姐玩命的钱啊……"黑玫瑰伤心地对小谭说。

原来,黑玫瑰就是姐姐。接着,姐姐告诉小谭,她没有文化,打工挣不了几个钱,也没法供小谭完成学业。为了小谭的将来,她只好利用自己漂亮的脸蛋和魔鬼般的身材,到"君再来"做小姐。她一直瞒着小谭,为的是让他安心读书,完成她的心愿。

姐姐返身打了小谭一巴掌,伤心的泪水决堤而下。"滚!我再也没有你这个弟弟了……"

小谭一下子跪在姐姐面前,忏悔不已。可姐姐就在他跪下去的同时,摔门而去。小谭惊醒之后,随后追赶,但终于没能追到姐姐。

姐姐走后,小谭被人打了一顿,听说是"君再来"的人打的。他们说小谭断了他们的财路。

从此,人们再也没有见过黑玫瑰,只是听说小谭又回学校读书了。

求　助

金融风暴一来,长期经营不善的工厂就倒闭了。陈大平核算一下,资不抵债,连工人的工资也发不出去,到了山穷水尽、走投无路的地步。

朋友,不是还有很多朋友吗?想到了朋友,陈大平就浑身是劲。

他掏出手机:"汪强,我是陈大平……"

汪强:"陈大平,你也有今天!我早就说过,你好不了多久,想当初你是那么刻薄地对待我,连500元钱也不借,甚至把我赶出工厂,如今……哈哈,老天有眼。"

是的,汪强落魄的时候,曾找过陈大平借钱,但陈大平并不信任他,怕他还不起钱。

这条路是断了,陈大平丢下手机,沮丧袭上心头,寻找另一个突破口吧。

过了一会儿,他又拿起手机拨打另一个号码。

"陈友吗,我是大平,是这样的,我碰到一点困难……"

陈友没等大平说完,就把话堵死了:"我知道你的难处,可我目前也好不到哪去,金融危机对谁都有影响,对不起了……"

是的,陈友虽然是他的同乡,说白了是同宗兄弟,两个人还是拜了把的兄弟,之后一起出来闯世界。陈大平运气好,早就闯出一片天地,开起了工厂,生意做得红红火火的。陈友就没那么好运气,生意屡做屡亏,虽然多次向陈大平借过钱,但陈大平知道陈友没有还钱能力,就婉拒了他……谁知道如今他也以同样的方式婉拒了他。

这条路也行不通,而工人集中在厂门口,厂商也开着车在厂里等候……

能变卖的东西早就卖完了,目前就剩下他自己了。

其实,陈大平所欠的钱也不多,就45万而已,但他目前就是4块5也拿不出来了。

对了,还有小静,小静应该不会见死不救吧。

小静曾经是陈大平的情人,也跟了陈大平6年,陈大平在她身上花了很多钱,包括一栋别墅。可后来陈大平爱上公司的小刘,就和她分道扬镳了。

"小静,我是陈大平……"

"我听得出来,你就是陈大平。你这个没良心的,怎么想起我了?是不是那妖精不理你了?我就知道你会有今天的。你把我赶出来,迷上那个小妖精,我恨死你了,再也不想见到你了……"

小静没等陈大平说完,就把他狠狠地骂了一顿,随即挂了电话。

没办法,除了以上几个有关系的朋友外,陈大平想不出其他能借到钱的途径。

陈大平只好再次和工人说好话,和供应商说好话,让他们再缓几天,他会想办法的。但谁也不会相信他的话,生意好的时候他都会故意拖欠,何况如今破产了。

人们不依不饶,围住了陈大平。供应商扬言要放他的血,工人扬言要砍断他的脚。这都是报应啊!想想当初要是对工人好一点,要是对供应商好一点,也不至于落到今天这个地步。

陈大平把自己关在三楼上,他想不出任何办法了。走在阳台上,望着群情激愤的工人、义愤填膺的供应商,陈大平彻底绝望了。

他想象着自己从这里往下飞的感觉,想象着自己死后的悲惨状况,想象着年老的母亲白发送黑发的凄惨,想象着8岁的儿子4岁时没了母亲从今往后也没了父亲……

就在陈大平准备那精彩一跃的时候,手机响了。一看来电显示,是母亲从家里打来的。陈大平本不想接,但他转念一想,应该在走之前给母亲一个交代,他还是接了。

"妈……"陈大平说不出话来。

"平儿,我听说你的工厂有困难,千万别想不开,妈还有点积蓄。你以前寄给我的钱,我都没花,全存下来了。乡下人苦日子过惯了,自己种点地也能应付过去。我前天给你汇去了30万,可能到你账上了,取出来先应一下急吧。平儿,要挺过去,如今谁不困难?过几天我就去看你……"

陈大平握着手机的手颤抖着,他记不清几年来自己给母亲汇了多少钱,生意繁忙的时候,他没有回过家,也好几年没见过母亲了。没想到在关键时候母亲帮了他的大忙。

陈大平擦干眼泪，从容地从三楼走下来了……

三只手

二呆是个远近闻名的三只手，人本来就瘦得像猴子般，所以人们就给他取个外号：呆猴。

这呆猴可不呆，是个好吃懒做的家伙，偷东西是毫不含糊的。加上家穷，父母双亡，也没人敢管他，于是，他常常是吃了上顿没了下顿，连根红薯也啃不上。没办法，呆猴就操起偷鸡摸狗的营生。前后三村的人家，一听说呆猴来了，个个把门关紧，唯恐突然丢失了什么。

鬼子大扫荡那年，一个夏天的黄昏，呆猴游荡到王庄，庄里能跑的人都跑了，留下没几个来不及逃走的人。这是呆猴的大好时机！呆猴正准备下手，最少也能找点吃的。突然，他听到一座土房子里传来了几个女人"救命啊！救命啊！"的呼叫声，呆猴马上闪到门边，从门缝往里瞧。这一瞧差点让他停止了呼吸。只见院落空地里，4个日本兵正扑向3个赤身裸体的女人，而这些女人却拼命地挣扎着。呆猴头一回这么近距离面对裸体的女人，头一回看到女人雪白的身子，头一回看到女人硕大的乳房。呆猴的眼睛瞪得比脸盆还大。本来他是很想看的，但此时的他只是倒吸一口气，便转身退到一边。那几个日本人肥猪般的身体，使他十分怨恨，一股疾恶如仇的气概，立即涌上心头。

过了一会儿,呆猴找到鬼子放在院落外面的歪把子机枪。来到破门前,呆猴一下子踹开大门,冲到鬼子跟前:"小鬼子,我们是八路,举起手来!"小鬼子闻声回头一看,眼前是对着他们的黑洞洞的枪口,而他们放在走廊上的几支步枪也不见了踪影。小鬼子只好按照呆猴的命令,不情愿地拉起自己的裤子,举着双手向门口走去。当他们发现这"八路"只有一个人时,便开始互相递眼色,企图反扑。可呆猴也不是吃素的,灵活的身手立即反应过来,没等到鬼子向他包抄过来时,就狠狠地扣动扳机,一串串复仇的子弹射向4个小鬼子,4个小鬼子没哼一声就倒在地上了。

这时,惊吓得昏过去的三个女人被枪声惊醒过来了,她们慌乱地穿上自己的衣服,并惊悸地朝门口冲去。到了门口,三个女人又不约而同地回过头来向呆猴道谢:"谢谢你救了我们,你是好人!"

"谢什么?我也是中国人!"呆猴说出了平生第一句文绉绉又亮锵锵的话,第一次有人这么夸奖他,呆猴感到十分满足。女人们走后,呆猴还在回味女人们说过的话。"我是好人"!呆猴想,我终于是一个好人了。

呆猴丢下笨重的机枪,英雄般地隐入茫茫的夜色之中。

几天后,人们在城墙上看到呆猴的尸体,是吊上去的。呆猴被绑在一根木桩上,下身伤痕累累,血肉模糊。听人家讲,这是日本人干的。当时几个日本人气得嗷嗷大叫:"八格牙鲁,土八路的,统统死了死了的!"然而,许多人都知道这人是三只手呆猴,而不是什么八路。

趁小鬼子不注意,几个乡亲偷偷把呆猴的尸体抢回来,厚葬在后山上。每年清明节,都有一群村民自觉来到呆猴的墓地上拜祭。一堆纸钱烧出了一团团熊熊不息的火焰!

停电事件

刘局长精简了多余的几个副科长,长长地舒了一口气。

第二天一上班,正准备向上级汇报,刚打开电脑,突然"啪"的一声断了电。他正要发火,这时,行政科长急急忙忙地跑进局长办公室:"不好了,刘局,我们大楼停电了。""为什么?"刘局长问。"我也不清楚,刚上班时还好好的,怎么突然停电了?"行政科长喘着气说。

刘局长一听这话就火了,他把手一挥:"问财务科长,是不是我们单位欠费了。"

行政科长面有难色:"不是,我刚才问过了。"

"那是为什么?"刘局长问,但他知道,行政科长再也说不出其他理由了。

刘局长狠狠地吸了一口烟:"对了,打电话到供电所问问,到底发生了什么事。"

"问过了,没有停电,你看,我们隔壁的单位都有电。"行政科长说。

刘局长拿着一本书拼命地扇着风,头上的汗水已经顺着额头落下来了。

他亲自打了个电话给供电所所长:"田所长,请问我们单位为什么停电了?"

"什么,有这事?那好,我帮你问问。"田所长一下子就挂了电话。

到了下午4点多,单位还是没有来电,所有的人都在抱怨,这么热的天,没有空调怎么过日子?机关大楼上下都是怨声载道,就差没当面骂刘局长了。刘局长本人也是心急如焚,他赶紧再打电话给田所长。但是,田所长的电话就是打不通。

第二天早上一上班,刘局长又马上给田所长打电话。刘局长好不容易才把电话打通了:"喂,田所长吗?没电真的是把我害惨了。这你也知道,大热天的,没有空调,这日子哪是人过的?"

田所长非常和气:"对不起,我把这事给忘了。我也不知道为什么停电,不过,你可以问问你们的行政科长,他是管电的,他应该知道吧……"田所长话音未落,就把电话给挂了。

刘局长听着电话,一时发呆。过了一会儿,他好像意识到什么,马上叫来了行政科长。"你们科的田副科长呢?"

"他不是被你精简了吗?"行政科长回答。"难道他和田所长有关系?"行政科长似有所悟。

"这我也不知道。"刘局长说,随即叫来了人事科长。

一了解,真相大白了,这田副科长正是供电所田所长的堂弟。"难怪!你们怎么不早说呢?害得跟你们受罪。"刘局长有点生气。

人事科长说:"我也是刚刚听老科长说的。"

"马上叫小田来上班,记住,是马上!"刘局长对人事科长下了命令。

"好,我马上去!"人事科长刚走不到20分钟,单位就来电了。

开了空调,人们长长地舒了一口气……

寻找影子

这几天小昆夜不能寝，食不甘味，原因是他偶然发现自己没有影子。

那天下午下班后，太阳还挂在天边，刚走出办公室，小昆就发现阳光下的自己一无所有——自己的身后至少会出现一条明显的影子，可是没有。他再次揉了揉眼睛，真是奇了，天啊，我真的没影子了。

其实理智地想想，影子确实没有什么用处，它对人的生活及生理并没有什么影响。这点小昆自己最清楚。但这事要是让同事们知道了，岂不成了笑话，让人当成另类。特别是刚刚谈上的女朋友小春，不认为他是一怪人才怪呢。

天啊！人为什么要有影子！我为什么没有影子？

对，告诉小春自己要出差一段时间。另外，请几天假躲开再说。小昆像霜打的茄子似的，天天躺在床上没有起来，父母以为他是病了，问他去看了医生没有。小昆还真想去看看医生，看这到底是怎么回事。刚走到门口，小昆又转回来了。他担心那些医生在此之前还没有发现过这种古怪的病例。如果真是那样，他们一定会把他卖给新闻机构，让他们一张扬，不就马上成为可供科学研究的目标了吗？小昆最怕人们那种猎奇和怪异的目光，一想象着做标本人的尴尬，小昆一筹莫展了。

小昆对自己的"病"讳莫如深，不敢张扬出去。

但是,假期一天一天地少,总是要去上班的,怎么办呢?他在哀叹的同时,特别羡慕人们脚下的影子。站在窗前,百感交集。他又轻叹一声。

父母终于发现小昆没有影子了。那天小昆从外面回来,刚走进屋子,母亲就把他叫出来:"小昆,你出来一下。"小昆走了出来。"你是什么时候发现自己没有影子的?"

"十多天了!"小昆知道瞒不了了,就垂头丧气地说。

过了一会儿,母亲拿来一杂志:"看看最后,有介绍虚脱的治疗方法,是不是也会治疗无影子的?"

小昆不耐烦地把杂志丢在一边,冲进房间再也不出来了。母亲只有叹息。

突然,小昆的手机响了:"先生,能打扰您一下吗?"

"你是谁?怎么知道我的手机号码?"小昆心惊胆战地问。

"我不仅知道你的电话,而且还知道你没有影子。现在,只有我能帮你了!"

小昆一阵惊慌,到底还是露馅了。

"我们见面谈谈吧,就在东街13号,不见不散!"对方挂了电话。

豁出去了,管它凶吉如何。小昆想。

小昆真的来到东街13号,一推门进去,一位自称是王先生的人接待了他。

"是这样的,本人受预测大师的指点——因太阳黑子的作用,而你的身体有某种特殊元素正好迎合了黑子的光线,所以造成你没有影子。这是一种自然规律,不用担心,不会对身体造成什么危害。但是,如果你不治疗,人们就会把你当成另类,说不定把你送到特殊剧团去,让你和畸形人为伍。所以,我很想帮助

你。"王先生话音未落,小昆就打断了他:"我们之间有什么可合作的?"

"这就是我今天请你来的目的。告诉你,你找对人了!"王先生说,"我们正在开发一种新药,这种新药可以使人在最短的时间内,恢复常人的状态。也就是说,尽管你没有影子,不用担心,只要你付得起钱,一切问题就迎刃而解了,影子马上回到你的身上,人们再也不会把你当成另类了。"

"你们真有这本事,要多少钱?"

"其实也不多,新药试用期间我们只收工本费而已,可以分期付款。当然也有风险,比如变成白痴等等,但总比你现在的情况好些。第一期15万,第二期10万,第三期8万,第……"王先生话未说完,就被小昆给打断了:"我宁愿死,这么多钱,让我去抢?"

"这是最低消费了,想想你的将来,想想你的一生将因此而黯然无光,甚至于断送年轻的生命……我想,不用我多说了,是利是弊自己衡量去吧!再见。"王先生有点生气地说。

小昆想了很久,越想越怕,最后终于和王先生达成了共识,并当场签订了一份合同。小昆才心平气和地回到家里。

千不该万不该,小春家催促着小昆办婚事,原因是小昆和小春都是大龄青年了,双方的父母也有这个意思。这下小昆发起愁来,再出去阳光下"展览",自己不露馅才怪呢。但他没有选择的余地。

小昆和小春订婚这一天,正是个阳光灿烂的日子,亲朋好友来了好几桌。如果小昆一直坐着不动,也许人们不会发现他是怪物,但这是不可能的。当小昆到各桌去敬酒时,一个小女孩指着小昆对妈妈说:"妈妈,叔叔怎么没有影子?"

当妈妈的以为小孩子胡说，哪知回头一看，真是那么回事：阳光下的小昆，身子直直的，没有影子。

"小昆，你怎么没有影子？"孩子的妈妈也发问了。

孩子的妈妈这么一问，好几桌人全都站起来了。人们不约而同地发现了这个天大的秘密："好奇怪的人啊，怎么会没有影子？"众人的嘴巴合成了O型。

与此同时，小春也看到了这可怕的一幕，哇的一声哭叫着躲回房间里。

婚事泡汤了，小昆回到单位后，同事躲瘟疫似的离他远远的。

局长把小昆叫到他的办公室，语重心长地对他说："小昆，你是个好同志，工作也认真负责。可你要顾全大局，总不能让局里出现什么意外，你看……"

小昆知道，这是局长的高明手段，劝他主动内退，但这和下岗有什么差别？局长容不得小昆过多考虑，就让他停薪留职了。

小昆到大排档喝了几杯酒，直到头重脚轻才踱回家里。

小昆再也不敢出门了，他受不了人们的指指点点，囚犯似的把自己关在家里。

第二天早上，小昆家出现了从未有过的热闹：人们从四面八方赶来，争相一睹中国首例无影人。走投无路的小昆，只好跳墙逃走了。

钱，钱，我哪来那么多钱啊？王先生要的数目并不小啊。

小昆打遍了所有亲戚朋友的电话，一谈到借钱的事，他们好像串通好了一样，谁都说手头正紧，要过一段时间才有。

没法再犹豫了，只要你想活在这个世上。小昆对自己说。

过了不久，小昆开始变卖家里的财产，甚至把家里的房产也当成了抵押。直到一家人被赶出家门，他的父母才知道一切都没

有了。

谁也不知道小昆买到影子没有,只是过年的时候,人们发现小昆饿死在雪地里。

阳台上的女人

我家阳台的对面,住着一位女人。说准确点,应该是一位女孩。

那是我无意中发现的。

那天早上,刚要出去晨练的我,一抬起头,竟发现对面的房子住着一个女孩。在我的记忆中,对面那间房子已经很久没人住了。女孩坐在阳台上,对我相视一笑,我也不怀好意地对她一笑。

虽然相隔着一栋楼,但我还是能看清那一个长相清丽的女孩,特别是她那清丽的笑容,更是在我心中定格成一道美丽的风景。

从此,不爱到阳台的我,到阳台上看对面的女孩,成了我下班后的一项业余爱好。

近段时间来,我对对面女孩进行了各种猜测。这女孩是做什么的,为什么别人在上班,而她天天坐在阳台上,无所事事?

还是当天晚报的一则新闻提醒了我:昨天晚上,我市公安局对几个娱乐场所进行突击检查,现场抓住了十几个嫖娼的男女。这些暗娼中,年龄最小的才17岁……

对了,除了吃软饭的女孩,谁会这么空闲?

这些女孩子,大都是外来人员,她们不思进取贪图享受,在风尘中挣扎是再正常不过的了。"城市的寄生虫"!这是我对她下的结论。

从那以后,我对对面女孩的看法,有了180度的大转弯。

有人说,城市治安环境的恶化,这些外来人员责无旁贷,特别是那些女孩。我想,多少家庭因此而破裂,和这些女孩不无关系。

对面女孩的笑容不再是清丽而是丑陋,她是在诱惑着我。我也经常对她一笑,但我的笑是轻蔑的,和发自内心的不屑。女孩似乎没有发现我的轻视,一成不变地对我笑着。

我发誓,再也不看对面了。

周六的早上,我没有早起晨跑,直到9点多钟我才起床。走到阳台上,我还是习惯性地抬眼望望对面。突然,我发现对面的女孩不见了,阳台上的门也紧紧地关闭着。联想到前些日子公安部门的扫黄打非,我想,这女孩一定进去了。该,多行不义必自毙。

我来到楼下,看到一群小学生左手上戴着黑纱,排着整齐的队伍,在等待着什么。有的小学生在抹眼泪,有的小学生眼圈红红的。还有一些街道居委会的老妈妈。这些人这么伤心,到底发生了什么事?

出于好奇,我问了身边的一位刘大妈:"大妈,到底发生了什么事?"

刘大妈流着眼泪对我说:"小严老师走了……"

"小严老师?哪个小严老师?"

"就是住在你家对面的那位小严。两年前刚从学校出来,分配到我们街道。她一来,就一心扑在工作上,孩子们在她的调教下,学习成绩大幅度提高。在市教育局举行的数学竞赛中,我们街道有两个孩子得了一等奖。孩子们离不开小严老师,小严老师也离不开孩子们。谁知年前她一直肚子痛,到医院一检查,原来是得了肝癌,已经晚期了。多好的孩子啊,她才23岁……"

刘大妈再也说不下去了。

我的嘴巴张得大大的,想说什么,却什么也没有说出来。

远处的枪声

部队缺医少食,艰难地行走在山坡上。鬼子的大扫荡已经进行了20多天,伤病员日益增多,给部队转移带来了很大的困难。团首长命令连长:带着伤病员先行转移,不管遇到什么困难,也不能丢下一个伤病员。

刘丽背着6个月大的小孩,跟在部队后面,步履艰难但表情从容。连长不时回过头来,催促她快点。他很担心小孩子什么时候发出什么声音来,这会给隐蔽转移的部队带来很大的困扰。

突然,一阵枪声从远处传来。这是鬼子试探性的射击,用以扰乱和防止中国军队秘密转移。在这节骨眼上,刘丽背上的小孩突然大声哭起来。

刘丽赶快放下孩子,把干瘪的奶头塞进孩子的嘴里。没有奶水,孩子哭叫不止,而且,孩子的哭声越来越大。部队暴露了目标,鬼子顺着小孩的哭声蜂拥而来,部队处于万分危险之中。

刘丽和小孩远远地落在部队后面,成为鬼子追赶部队的目标。"刘丽,快跟上!"连长冲着刘丽叫道。

小跑了一阵子,刘丽怔了一下,她突然停下了脚步,毅然抱着孩子朝着另一个山头走去。

　　"胆小鬼,我就知道她跟不上革命形势,投敌去了。"连长心里骂道。刘丽是富农出身,抗日战争爆发后,她投笔从戎,脱下学生装,参加革命。后来,刘丽和一个连长结了婚。这不,背上的孩子就是他们爱情的结晶,才6个月。

　　连长叹息一声:"人各有志,不可勉强。让她去吧!"他指挥部队继续迅速转移。

　　过了不久,小孩的哭声出现在与部队相反的另一个山头上。连长又望了一眼,发现刘丽正急急忙忙赶上部队,汗水、泪水？分不清地从刘丽清瘦的脸上滑落。连长迎上赶来的刘丽:"你给鬼子通风报信?"

　　"不,连长,我是中国人,我不会做对不起中国人的事!"刘丽抹了一下脸上的泪水,继续往前走,脚步异常坚定。小孩的哭声在另一个山头越哭越响。

　　"孩子呢?"连长突然发现刘丽背上的孩子没了。

　　"连长,孩子饿死也是死,就让他为部队做点事吧!"此时,鬼子正朝着孩子哭叫的方向冲去。

　　远处,一阵枪声传来,夹杂着鬼子的叽里呱拉的叫声,孩子的哭声刹那间停止了。

　　刘丽咬着嘴唇,牙齿深深陷入她的下唇,鲜血流出来了,但她没有哭出声来。只是哽咽地叫了一声:"连长!"

　　连长把刘丽拥住,泪水也流了出来:"孩子,祖国不会忘记你的!"

　　连长把手一挥,部队又隐蔽在漫无边际的树林里。

在前夫家过夜

从上车那一刻起,安妮就对自己此行的目的感到怀疑。只想看看儿子吗?理由是不够充分的。冥冥中,总有一个声音从远方的天籁之处传来:你真的放得下吗?

大巴朝着那个城市开去,安妮一会儿埋怨车子开得太快,一会又巴不得尽快开到那里。她心里如同十五个吊桶——七上八下。公路两边的建筑物,似乎已全部改观,取而代之是一幢幢挺拔雄伟的高楼。变化真大呀!安妮感叹道。

安妮眼前一亮,是这个小区,早就听说他又晋升了,是总经理。住在这个小区就是身份的象征。他的那个她,她没有见过,可她知道他们一定合得来,一定是一对好冤家。电话中他那自信的语言,证实了这一点。

她走上台阶,心情极复杂。他们住在5B的一套三房两厅的大房,阳台朝南,对着郁郁葱葱的青山,人的心情会好很多。安妮想。

走近门前,安妮遇到了"僧推月下门",是推还是敲的尴尬,儿子小虎在家吗?他知道我是他真正的妈吗?安妮站在门前左右不是,刚提起勇气举起手,那手却又在半空中停住了。

门突然"吱"的一声打开了,一个30岁左右的少妇站在安妮面前。

你?

你是小虎的妈吧？

是的，你就是安妮？

嗯！

快请进，小虎也在家呢。对了，我叫慧灵，你应该知道吧。

哦，我知道，他跟我说过你，你真幸福，慧灵。安妮说，真不好意思，打扰你们了。

别见外，你能来，我们很高兴。是的，他很有事业心，也很有家庭观念，我和小虎都很爱他。

他待会儿就回来，我让他买菜去了，小虎也去了。你是稀客，加几个菜，我们早就说过。慧灵笑笑说，很坦然。

他真的变了，可和我在一起时，我总希望他能变，他就是不变。一旦换了别人，他就变了？安妮还是不解。

慧灵向她讲述小虎是如何如何的懂事，他是如何如何的聪明。安妮完全没有心思听进去，是妒忌还是怨恨，她自己也说不清，她此时沉浸在往事的回忆之中。

晚饭时分，他终于回来了。稀客稀客，我知道你会来的。他又对小虎说：叫妈妈！

小虎长得虎头虎脑的，他不安地望着安妮：你是我妈妈吗？我记不起来了。那我不是有两个妈妈吗？小家伙说话真逗。

他指着小虎小时候安妮抱着他的照片对小虎说，没错，她是你妈妈。他指着慧灵说，她不是你的亲妈妈，不过，你也得叫妈妈。知道不？

你们怎么说我就怎么叫，妈妈！小虎叫了一声，安妮的眼泪就掉下来了。她紧紧搂住小虎，像鲁迅先生《药》中的华老栓握着馒头，生怕会丢失似的。

你是我妈妈，为什么我不认识你？小虎对安妮说。

安妮离开小虎时,小虎才学会说话,怎么会认识她呢?

小虎,其实我不是你的真妈妈,你的真妈妈是她。安妮指着在厨房做饭的慧灵说,妈妈都是和孩子在一起的,哪有妈妈不要孩子出远门的呢?我只是你的阿姨而已,以后就叫我阿姨,好吗?不过,阿姨有个请求,今晚和阿姨睡在一起好吗?

小虎懂事地点点头。安妮的眼泪又落下来了。

他说,干吗骗孩子呢?我早就和你说过,慧灵不介意的,这孩子毕竟是你亲生的。要不,对你不公平。6年了,再找一个合适的吧,你需要人照顾,我了解你。他说。

该拥有的让我给丢失了,哪里还有幸福等着我?不说这个了,你也去厨房帮忙吧,免得慧灵有想法。

不会的,她不是你想象中的那种女人。听说你要来看小虎,我和她一说,她就举双手赞成。她说小虎是你亲生的,来看看是应该的,孩子是娘身上掉下的一块肉。

就这一次,我不会再来了,这一块肉就交给你们了。我不想搅乱你们平静的生活,特别是孩子。

对不起,当初是我错了,我不该……

他还想再说下去,安妮不让他说。前天,我看了《中国式离婚》,我觉得我就是林小枫。这次来,我只有个请求:让小虎跟我睡一个晚上,仅此而已,行吗?

没问题!你也可以多待两天,房间有多的。再说了,小虎很可爱的,让他再次享受母爱吧。

不,慧灵做得比我好,我看得出来,她是个合格的妈妈,小虎会很幸福地成长的。我就不再瞎操心了,况且,这样对孩子也不好。

第一次住在他的新房,还是和儿子在一起,安妮的心里百感交集。这里的一切本该属于我的！如今主妇却换了别人,像电视中的演员换角色一样,生活给了我一个极大的讽刺。

这是个温馨的夜,小虎一直在安妮的臂弯里,睡得很甜。安妮却睡不着觉,望着窗外的万家灯火,浮想联翩。她只是感到冷,从心里漫出来,溢向全身。她开始后悔这次的鲁莽之行了。为什么要来呢？

东方刚露出一点白光,安妮就起床了。她帮小虎盖好被子,又在他的小脸蛋上亲了一口,把自己的几件衣服收拾好,然后坐在书桌前,写出下面几个字：

我走了,别再告诉小虎我是他的亲生妈妈,这是多此一举。小孩的心灵不能受到任何创伤,让他生活在完美的生活中吧。记住:我只是他的一个远房的阿姨而已。别再打我的电话,明天,我就换手机了……

安妮轻轻带上门,顺便把桌上那张照片也带上。她走了,走得很轻松。

清晨的空气很清新。

弄巧成拙

刘意生在一间公司做了几年,总是得不到晋升,心中不免耿耿于怀。

这天,孙老板的老婆孙夫人要来公司视察,恰巧孙老板不在。刘意生想借此机会在孙夫人面前表现一番,以期有朝一日官运

亨通。

果然,孙夫人看上了刘意生的媚骨和一番"马屁话",她马上视他为亲信,认为他是可靠之人。回到办公室时,孙夫人便问刘意生:"现在有钱的男人都很花心,你老板怎样?"

"这可不好说啊!"刘意生欲擒故纵。

孙夫人一下子听出了刘意生言犹未尽的话中之意:"不用怕,照实说出来,他是你的老板没错,可我是他的老板。"孙夫人说完,又从包里拿出1000元给刘意生:"从现在起,你就是我安排在老板身边的线人了,我每月给你1000元线人费,你放心好了,这事只有我们俩知道。"

孙夫人专门为刘意生配一只手机,以便以后"工作需要"之联系。

有意思的是,原来在孙老板身边工作的漂亮女秘书,第二天早上就打包走人了。

刘意生开始留意孙老板身边的女人,孙老板和哪个女人谈话谈多久,握手握多久。特别是孙老板怎样看女人,看什么样的女人,都一字不漏地转到孙夫人的耳朵里。

有一天晚上,孙老板独自出门,10点了还没回来。莫非他真的去找女人了?赶快抓住机会,说不定有重大发现。刘意生这么一想,赶紧披着大衣走出公司。

来到一个十字路口,刘意生发现围了一群人。一个中年男人正在眉飞色舞地描述刚刚发生的车祸:"看样子那个好心人还不认识那女孩,可他为什么不用自己的车送那女孩去医院,而是叫的士呢?""可能他还有急事也说不定,不管怎么说,肇事者没有良心,好心人还是有的。"

"对了,我看那人好面熟,好像在哪见过。"

这时,有人想起来了:"对,那人就是孙老板!都说有钱人个个没良心,没想到孙老板这么好。"

"对,我想也是孙老板,我在电视上见过他。真是个好老板。"

又有一个人附和着说。众人对孙老板的义举赞不绝口。

明白了,孙老板救人,而且救的是一个女人!刘意生马上赶回公司,果然不见孙老板。有了,刘意生两手一拍,他知道该怎么做了。

第二天早上,他马上打电话给孙夫人:"孙夫人,昨天晚上孙老板救人,你知道吗?"

孙夫人慢慢地说:"这有什么大惊小怪的,他就喜欢管闲事。"

刘意生说:"如果被救的人是个女孩,而且是个年轻漂亮的女孩,况且这女孩和孙老板有说不清道不明的关系,这也不用大惊小怪吗?"

这回孙夫人急了:"你快说,快说清楚,他在哪里救的女孩?"

"这女孩很可能是孙老板养在外面的二奶,你想想,为什么女孩发生车祸时,正好孙老板在现场?我想他是想杀人灭口,正好又有众人在旁,没法下狠手。他只好扮演英雄救人的模范,遮掩真相。我想这事你要先问问他再说。"刘意生得意地笑着。他为自己的准确分析感到非常高兴。

当天晚上,孙夫人就打来了电话,说是孙老板不承认他救的女孩是他的"二奶",要刘意生跟她去医院对质。"刘意生,你马上过来,和我们一起去人民医院,到时我看他还敢不承认。记住:不用怕他,一切有我。"

刘意生马上起程,一路上哼着歌儿,这可是他升官发财的大好机会呀!

孙老板、孙夫人、刘意生三个人一起来到人民医院外科。在医生的指引下，他们找到了那个受伤的女孩。

一推门进来，刘意生就惊呆了："阿琳，怎么是你？"

原来病床上躺着的正是刘意生的女朋友阿琳。

阿琳看到刘意生到来，激动得热泪盈眶："我差点见不到你了，那可恶的司机开车跑了。要不是有个好人出手相救，我早就没命了。你这死人，连手机也不开，不管我了？不要我了？"

刘意生的手机是孙夫人配的，阿琳哪知道手机号码？

刘意生看看孙夫人，又看看阿琳，两眼都发直了。他赶忙向孙夫人解释："孙夫人，误会，这完全是误会了。"刘意生的额头上冷汗直冒。

孙夫人瞪着眼睛看着刘意生，也看看他的女朋友："她是你的女朋友？你还说什么是孙老板的'二奶'？"孙夫人大梦初醒似的，"我终于明白了，你今天说我老公盯着这个人的胸部看，明天说他盯着那个女人的屁股看，我怎么从来没见过我老公有这么色呢？你现在竟然把自己女朋友推给我老公当'二奶'，这不是明摆着吗？你一直编故事说我老公这样不好那样不好，原来是想破坏我们家庭，让我老公和我离婚，你女朋友就可以明正言顺当上他的老婆，到时候，我家所有的钱财不全都是你的了。幸亏我发现得早，要不，你的阴谋就得逞了。"

孙夫人说完，气呼呼地走了。

孙夫人走后，孙老板也进来了："刘意生，你还有什么话可说？我一直不明白，我老婆为什么一直在怀疑我和女职员有染，而我身边的秘书一个个不明不白地走了。原来是你一直在暗中捣鬼。你真是别有用心！你想出人头地，这没错，我也一直想培养你，可你毫不珍惜，不想从正道上着想，我差点错用了你这种小人。好了,我也不想和你说太多了,滚吧,就当你没有进过我的公司!"

孙老板说完,气呼呼地走了。

躺上病床的阿琳,一下子什么都明白了,难怪他这么长时间不理我,手机也不开,原来他想把我……她好像被人当街脱了裤子一样难受,羞愧的泪水如断线的珠子一样往下掉。她扬手给了刘意生一个响亮的嘴巴:"出去,你给我出去,我再也不想见到你!"

兰　妹

兰妹在家中是老三,上有一个哥哥和一个姐姐。可她的长相和哥哥姐姐都不像,人们都知道她是妈妈的私生女,但兰妹自己浑然不知。兰妹十岁没了父亲,耐不住寂寞的母亲的风流故事更是传得满城风雨。因此,关于寡母的各种风言风语在她幼小的心灵上烙下了深刻的印迹。她在为父亲哀伤落泪的同时暗下了决心:长大了决不干千夫所指、万人唾骂的傻事,绝不做母亲那样不贞的女人。

兰妹长到 18 岁时,一个偶然的机会结识了一表人才的阿顺。两人一见如故,偷偷交往了几个月。但阿顺的父亲不允许儿子娶她,阿顺只好和兰妹分手了。兰妹为此哭了好几天,怨恨这男人真不是东西,敢爱不敢娶,简直就是个懦夫。就这样忧忧郁郁地过了两年,20 岁那年,母亲做主把她嫁给了邻村的富家公子阿

天。阿天一家很喜欢这个文静秀气的媳妇,虽然娘家穷点,但"破窑出好瓦",穷人家的女儿不仅姿容俊美而且知书识礼,一家人都极高兴。在这平淡而美好的生活里,兰妹渐渐地把那个懦夫阿顺给忘了。一年后,兰妹生下了一个女孩。不料,平静的生活就因此起了波澜。起先是公公婆婆不动声色对她冷淡起来,后来慢慢加码,不但恶言相向,且存心虐待,更表示出对孙女的厌烦。兰妹的老公是个孝顺的儿子,对父母唯命是从,百依百顺。虽然娇妻可人,通情达理,他却不敢站出来为她说句公道话。兰妹气得半死,说你怎么也是个懦夫?老公奇怪地看了她一眼,那我该怎样才不是懦夫?兰妹哭了,她说,生女儿是我的错吗?你不见医书上有科学证明,女的就只有一种X因素,男的就有两种,一种是X,一种Y,X遇到X就生女,X遇到Y就生男,你为什么不把这个道理和父母讲清楚,让他们明白这个道理?老公不耐烦了,挥一挥手说,他们哪懂得这道理,明年咱们看医书,保准生个儿子。

第二年夏天,兰妹的肚子又很大了。

七月,兰妹生了。然而生了个女儿。阿天气疯了,失去了理智,把还在坐月子的兰妹狠狠地打了一顿,公婆却视而不见,一副事不关己之态。

一年后,孩子断奶了。兰妹毫不犹豫地随着表妹去了南方。她要忘记,或者说是摆脱那种精神折磨,活出个自由的人样来。她想,我虽然文化程度不高,但我不聋不哑,不愚不笨,长相即使不美也算五官端正,还年轻,根本看不出我是两个孩子的母亲了。她要出去闯一闯,不信就找不到一碗饭吃。

就这样,兰妹到了深圳特区。

兰妹运气好,刚到深圳就顺利地进了一间工艺品厂。只做了两个月的员工,她就被提升为组长。半年后,兰妹又被迅速提升为QA,负责成品检验。有一次,老板包兴隆亲自到车间检查,发现了兰妹与众不同的气质和美丽,就在下班的时候,把兰妹叫到办公室。老板仔细询问了一些关于产品的质量问题之后,又问了一些与兰妹本职工作不相干的问题。譬如对工厂设备方面有没有什么建议是或者需要什么改进;对工人管理制度是否需要进一步完善;对产品积压滞销的问题如何看待等等。兰妹镇定自若,侃侃而谈,一一做了回答。老板很欣赏她大胆的构思,对她超凡的才能和智慧给予充分肯定,并马上提升她为公关部经理。兰妹志得意满,把以前的不快完全忘了。她像一个快乐的仙女,尽情享受着南方的温暖。老板包兴隆是个40来岁的精明男人,几年前夫人在一起车祸中去世。这个鳏居已久的男人和兰妹接触多了,对她的好感与日俱增。于是,他趁一次带她外出洽谈业务的机会,在一个灯光柔和、环境清静的西餐厅,他向她表达了他的爱慕之情。兰妹很坦率地说,我可不愿意做你的小蜜,我有老公和女儿,虽然不是很幸福,但我不想做出对不起他们的事。包兴隆诚挚地说,我不是花心男人,不是要将你金屋藏娇,而是明媒正娶。我知道你和老公感情不和,与公公婆婆关系不好,如果你愿意,你可以把你的女儿带在身边。我无儿无女,会很疼爱他们的。如果你同他离婚,我会答应他的任何要求。兰妹低头不语,沉思了一会儿对老板说,你给我点时间,让我考虑考虑吧。

回到租住的小屋,兰妹想了很多。包兴隆显然是真诚的,他没有甜言蜜语,是个实在的人。可是,如果真的和老公离婚了,人家会怎么说?老公固然不是个好老公,但他毕竟没有做过对不起我的事,我怎能背弃他而去?那不是成了人们眼中的坏女人了?

正当兰妹犹豫不决的时候,家中大哥给她打来了电话,叫她火速回家。兰妹想问清楚到底发生了什么事,大哥把电话挂了。兰妹正收拾行李准备请假回家,姐姐却找上门来了。姐姐是从家乡来的,她告诉兰妹,大哥打电话叫你回去,大概是因为你家中出事了。兰妹说我家哪有什么事出?是不是女儿病了?姐姐摇着头说,你真是死脑筋,你出来这么久了,阿天在家耐不住寂寞,被女人缠上了,哥怕你蒙在鼓里,才让你回去的,或许你们的关系还可以挽回。兰妹一听,泪就流下来了,这个浑蛋!我在这里辛苦工作,他在家里风流快活!我不回去了,今天我就给老板一个答复。姐姐听得云里雾里,你答复老板什么呢?兰妹很平静地说,没啥。然后莞尔一笑,说了一句文绉绉的话,缘来缘去,自有天命;祸兮福兮,全由命定。也不知道她在说谁。

最后,兰妹以一次性付给阿天 10 万元协议离婚了。两个女儿都留给阿天。因为阿天坚持要抚养两个女儿,虽然他以前不喜欢她们,但是,他似乎从兰妹身上领悟到什么,得到某种启示,因而执意留下了两个女儿。他没有和他纠缠过的女人结婚,独自一人和女儿在一起。

兰妹自然而然地嫁给了老板包兴隆。

有人说,兰妹真有福分,过上了锦衣玉食的日子,一辈子都能享受荣华富贵。也有人说,兰妹真狠心,丢下两个女儿不顾,竟和一个半老不老的男人在一起。还有人说,兰妹本身就是媚骨头,和她母亲一样,得到她母亲的真传,水性杨花,不知道要搅多少男人呢。一时众说纷纭。

兰妹听不到这些。

兰妹幸好听不到这些。

这也许是她的最好结局。

租个 MM 过年

随着年味越来越重,母亲的呼声也越来越强烈:今年内如不带个女朋友回来,就别想进家门!

母亲的要求并不过分,苦了大半辈子的她,为我的终身大事愁白了头。可我天生是个乐天派,虽然29岁了,我一点也不为自己的婚事紧张过。所以,虽然我有一份体面的工作,收入也算是白领水平。可我整天忙于工作,倒是把自己的婚姻大事给耽误了,这下母亲下了军令状,我该怎么办呢,到哪里去找个女朋友带回去呢?

正苦思中,忽然,我眼睛一亮,在网上找呗!说不定会有收获。于是,我在我所担任版主的文学网站上,发布了一条租女友的信息,内容大概是这样的:为了完成母亲的夙愿,租一位女朋友带回家。女方条件:身高165厘米以上,美丽大方,大专以上学历,年龄20岁左右,租期为15天,报酬为人民币2500元。在这条信息下面,附上了我的相关信息,如我是搞行政管理,月薪有多少,并说明我家是偏远的农村,家庭条件不好,以及简单扼要的个人长相等等,并附上我的照片。

对此信息我并没有抱多大希望,只是归期已到,不得已而为之。再说了,谁敢相信你,说不定是骗子。第二天早上,我上网一看,一下子就乐了:竟然有10多个MM要求应征,条件也和我所要求的八九不离十,并约我细谈。这下有戏了。

但是，经过和几个 MM 细谈后，我又高兴不起来了，原因是要么人家不相信我，要么不愿意像真女朋友一样称呼家里人。我想算了，回去准备挨母亲的骂好了。正在这个时候，有个网名叫且听风吟的 MM 答应我的要求，愿意和我回家。不过，她要求和我见面，说是要订一份合同，双方按合同办事，以平等互利的原则履行合同条款。

太好了，天助我也！我高兴得跳起来。好，答应她！我本不是心怀不轨之人，还怕她什么合同。

且听风吟按时来到了约定地点。对过暗号，双方确认无疑后，便开始谈合同的详细内容。你别说，对这 MM 我还挺乐意的。她身高 166 厘米，亮丽得让我深感自卑，她是计算机专业毕业生，目前在一家网络公司上班。她说她之所以会前来应聘，是因为看到我征友信息中的诚实。而且，这种征友方式很浪漫，也很有挑战性，所以，她想来试试，丰富一下人生经历。是的，我的一切都是实话实说的，没什么好隐瞒的。

且听风吟告诉我："既然我们即将成为朋友，我得告诉你我的真名。我叫林丽，今年 22 岁，其他你都知道我就不说了。说说你吧，让我再确认一下你的可信度。"

我马上回答："我叫刘小鹏，是一家公司的行政经理，今年 29 岁。因为我一直没有女朋友，也就是我至今还没有结婚，急坏了我的老母亲。这不，她老人家向我下了最后通牒：再不带女朋友回家，就别想进家门了。"说完，我还拿出母亲写给我的信给她看。

林丽听完我的话后，说："好，我相信你。大家说好了，租期是 15 天，15 天内人由你安排，但不可以有其他人身伤害，15 天后必须还我自由。当然，租金是少不了的。"

我大叫 OK，难得有人相信我，我能不高兴？我握着她的手说:"林丽,非常感谢你,请你放心,我一定不会让你受到半点委屈的,以我的人格担保。好了,我们拟一下合同吧。"

林丽口述,我执笔,一份合同拟出来了:

林丽暂时为刘小鹏的女朋友,必须随刘小鹏回家过年,双方的朋友关系只是名义上的。所以,在租期内,刘小鹏不得对林丽有半点不雅行为。租期为15天,租金为2500元,15天后双方即为路人,刘小鹏今后的一切与林丽无关。为保证合同的有效性,双方当事人请在本合同上签字,以示生效!

合同下面,签上了我们两个人的名字,并拟定明天早上8点出发回家。

租到了女朋友,我马上打电话给母亲,说是我找个大学生女朋友,明天就带回家给她看看。母亲一听电话,高兴得笑出了眼泪:"小鹏终于有人管了……"

带着大包小包礼物,第二天下午,我和林丽出现在我家门口。母亲高兴得迎出门来,迅速接过林丽手上的东西,拉着林丽的手问寒问暖。刚让进房间,母亲就端上一杯热腾腾的牛奶让林丽喝。"孩子,这是自家的牛产的牛奶,营养好着呢。"

"谢谢妈妈!"林丽接过杯子红着脸叫道。

"好好好,小丽就是乖巧,让人疼爱。"母亲的眼睛笑成一条线。

大哥大嫂也来了,我一介绍,林丽又得一一招呼。林丽似乎和大嫂很有缘分,两人一拉手就有说不完的话。林丽也大嫂长大嫂短地叫个不停。

刚吃过晚饭,村里人把我家房子围得水泄不通。一看我漂亮的女朋友,大家羡慕得不得了。按照家乡的习俗,有客人来时,新娘子必须一一敬茶。这可为难了林丽,好在她也能勉强一一应付过去。

客人走后,林丽成了母亲的千金,母亲夸林丽长得好,聪明又能干,说是我家哪辈积了德,林丽才会成为我的女朋友等。我偷看一眼林丽,她红红的脸不住地点头。过了一会儿,母亲又把我和林丽拉在一起,并训起我来。

"小鹏,人家可是大城市的姑娘,你可不能欺负她,要是让我知道你欺负她,我可饶不了你。"母亲说完又转向林丽,"小丽,他要是欺负你,你得告诉我,你能和小鹏好上,是我家小鹏的福气。妈高兴,好高兴啊!"

母亲不知道和林丽说了多少话,我一句也没能听进去。所有的这些,似乎有点违背了合同要求。可我什么话也不能说,只能发呆地站在一边。

这时,大哥走过来了,我见到救星似拉着他,想告诉他事实的真相,并让他为我保密。可我话未说出口,就被大哥一下子挡住了:"好好过日子吧,林丽这女孩不错,别错过这个村,就没那个店了。你也不小了,别让母亲再操心了。"我只得把话又吞回肚里,一假到底吧。

夜色已深,一家人准备睡觉了。母亲把我和林丽带到一间新房,说是专为我们准备的。我推说我们还没办理结婚证,不想住在一起。"臭小子,当了经理有什么了不起?你给我听好了,今天是我说了算,小丽咱不怕他。"

完了!这可怎么办呢?孤男寡女住在一起?母亲不由分说把我们推进房间,拉上门出来了。

我对林丽说:"奉母亲之命,难为你了。这样吧,你睡床上,我睡沙发,我不能让你受委屈了。"

林丽推着说:"你睡床上我睡沙发得了,这本来就是你的家。"

"不行,你睡床上。"

"不,你睡床上。"

就这样,俩人推让了一番,谁也说服不了谁。"干脆我们聊天得了!"林丽提议。

我马上赞成。

于是,我们继续聊天,一直聊到天快亮的时候,我终于睡着了。

醒来的时候,我发现自己身上盖着棉被,林丽则坐在一边看着我睡觉。我一时激动,拉着林丽的手,不知说什么才好。林丽经我一拉羞红了脸,一下子倒在我的怀里。

"小鹏,我愿意做你真正的女朋友!"

"什么?你愿意做我的女朋友?"我睁大了眼睛。

"你人好,你们一家人更好。当初之所以我会答应你,是因为你的坦诚,我应该没有看错人。你要是不愿意就算了。"林丽话未说完脸又红了。

"好,太好了,我高兴还来不及呢。"

"还得考验你一段时间,如果合格,我们就结婚。"林丽说,"在未结婚之前,我还是自由的……"林丽没把话说完,但我知道她想说什么。

"就这么定了,不过,待会儿还得去给我母亲倒尿盆呢,这是我们这边新媳妇的规矩,只好委屈你了。"

林丽点点头说没问题,她从小没母亲,我母亲就是她的母亲。孝敬老人是晚辈应该做的。

我抱着林丽在房间里绕了一圈,大声叫道:"我有女朋友了,我有女朋友了……"

真　相

又一次被娘打后，大松更加证实二进对他说的话，他没法再怀疑了。

二进和大松是好朋友，从穿开裆裤开始。

那天，二进和大松不知为何，两人吵起来了。

二进打不过大松，开口骂道，你太狠了，没娘养的儿。

你才没娘！大松回了一句。

站在一边看热闹的小铁也附和着说。你不信？问问三叔公好了。抱养的！你就是抱养的，外姓人，才敢下这么狠的手。二进摸摸发青的额头，又狠狠骂了一句。

抱养的？大松不禁问自己，我是抱养的？

他不和他们理论，直接找到三叔公。

三叔公，求求你告诉我，我娘在哪里？

傻小子，你娘不在你家吗？

不，我问的是我的亲娘。你就告诉我好了。

亲娘？你还有哪来的亲娘？

他们说我是抱养的，那……

哪个龟儿子说的？我不撕烂他的嘴皮！瞎说。

要不是抱养的，我娘怎么对我那么狠，却对我妹妹那么好。

三叔公由怒变笑，笑出了眼泪，这小子中邪了。

大松从三叔公嘴里是得不到任何有价值的东西。

娘,你告诉我,我的亲娘在哪里?一回家门,大松就问娘。

娘正在煮猪食,不解地望大松一眼。娘看他浑身凌乱,一脸汗水,知道他又和别人打架了。继而用拌猪食的手,给他一巴掌,在外省!你找她去,我没有你这儿子!

从此,大松像变了个人似的,很听娘的话,读书也很用功。他知道如果要找到他的亲生父母,只有认真读书,将来才有希望。

初中过去了,大松以优异的成绩考上了重点高中。娘很高兴,逢人就夸,我们大松就是有能耐。

大松更加感到娘的语气中虚伪的成分,她似乎想掩盖什么。

大松终于考上大学了,临走的那天晚上,大松跪在娘面前:娘,我知道你很苦,爹没了你还供我读书,让我上大学,我很感激你。今天,我考上大学了,你可以告诉我,我的亲娘在哪里吗?我一样会对你孝顺的。

大松,那是人家哄你的,乖儿子,别胡思乱想,我就是你的亲娘。娘安慰着大松。

那……你那次不是说我娘在外省?

这也当真?好了好了,上学去吧。娘把大松送上车去,大松还在心中描绘亲娘的模样。

转眼间,四年的大学生活过去了,大松回到村子里,并带了女朋友来看娘。

娘看到大松带了女朋友回来,高兴得笑掉了大牙。娘忙前忙后地弄好吃的。

第二天早上,大松瞧娘有空了,就拿着一把凳子要娘坐下,娘顺从地坐下了。

娘,我再问你一句,你实话实说,我不怪你。

有什么事?

以前你打我总是打得最狠,妹妹你却舍不得打,连骂都少。我知道我是你抱养的,没有吭声。可是,20多年了,我已经长大了,你总得告诉我,我的亲娘到底在哪?我说过,让我知道就行,我还会对你孝顺的,毕竟你养我这么多年了。

　　大松,你……你爹死得早,我打你是为你好,你却……。

　　娘说不下去了。大松知道娘不容易,她怕养大的儿子走出自己的家门,她的担心是对的。但大松对自己说,一定不可以这样,我要把她当成亲娘一样。

　　说吧,娘,我知道你的难处,我不怪你……

　　大松话还没说完,就看到娘站起来,踉跄了几步,一头栽倒在地上。

　　大松伸出的手在半空中僵住了。他没能扶住快要倒在地上的娘……

　　这时,刚好二进从外面经过,他纳闷地说,一句小儿玩笑,没想到大松还相信……

中国结

　　一路上,林伯百感交集。道路两边的工厂企业,星罗棋布。排列有序的生活小区,温馨富饶。60年了,他自从17岁离开这里,再也没有回来过。"少小离家老大回,乡音未改鬓毛衰!"变了,一切都变了,变得令人心旷神怡,变得使人流连忘返。

　　走下大巴,早已有人等候多时。热情、好客的家乡人,来迎接他。村主任介绍说,这是泉州大桥,这是泉州港,这是闽台博物馆……记得那年冬天,林伯是坐上小木船,离开故乡的。如今,这现代化的港口,让林伯耳目一新了。看不完的家乡巨变,诉不完的离别之情,一路风尘一路歌。

　　林伯这次回乡,主要寻找失散多年的妻子英姑,加上祖国60年来的巨变,也深深吸引着他,他打算有可能的话,就在家乡安度晚年。据林伯介绍,那年他刚结婚,就随大军到台湾,离开了心爱的英姑。之后,因其他说不清的关系,中断了和妻子的联络,如今想相见,却是生死两茫茫。

　　村主任带人走访了三村五乡,谁也不认识林伯要找的"英姑"。而当年林伯的好友,大多去世不在。因此,寻找英姑难如大海捞针。泉州市之大,居民之多,而且相隔60年之久,想找一个人,谈何容易?

　　3个月时间已过,林伯始终把当年英姑留给他的丝绸中国结放在身边。如今,林伯又把中国结拿出来,细细抚摸。中国结上面的细细纹路,犹如英姑的小手。林伯一想起英姑,不禁潸然泪下。

　　林伯把中国结挂在门前,他知道,只要英姑看到这个中国结,她一定会来找他的。"记着,见了中国结,就好像见到我。哪天你要是回来了,就把中国结挂在门前,我会来找你的。"英姑的盼咐犹在耳边,仿佛是昨天发生的事。

　　家乡的巨变是林伯所料不及的,更重要的是家乡人的热情,一直把当成客人看待,让林伯十分过意不去。是的,回来吧,这里有片热土,回来吧,这里需要游子的建设!一个个温馨的声音自天边传来,让林伯浑身一热。

　　"村主任,我想在这里投资兴建一座大型的医院,让孤寡老

人和病残的少年儿童有个养病之处,请你帮我规划一下。"几天后,林伯对村主任说。"欢迎啊欢迎,家乡永远欢迎你!那你不回台湾了?"村主任问道。"看看吧,再说我也是风烛残年了,还能活多久?遗憾的是,英姑不知是否健在,我却一无所知。"林伯又说。"英姑就是林伯要找的那个人吧,放心吧林伯,政府一定会帮你找到英姑的。""找不到英姑,我死不瞑目啊!"

林伯的愁绪,才下心头,又上眉头。村主任看在眼里,疼在心里。多好的老人啊,可我就是帮不上忙。苍天啊,你来帮帮我吧!

林伯终于病倒了,住进泉州人民医院。村主任忙前忙后,林伯的病情就是不见好转。医生说,根据林伯的身体素质,他根本没什么病,可他就是寝食难安。当了多年的医生,还真没见过这种病。

这天早上,一位老太太来到人民医院 305 房,她不顾护士的阻拦,直接走到林伯的床前。

"正康啊,你还认得我是谁吗?"老太太握着林伯的手说。

"你就是英姑?"

"是我,你的中国结呢?"

林伯从内衣口袋里掏出那个早已泛白的中国结,放在老太太的手上。"是的,它在,你也在,可我没脸见你了。"老太太伤心地说。

林伯不解地望着英姑。

"你走后,音信全无,为了养活林大兵,我又改嫁了,连名字也改了,叫秀姑。10 年前,他得了急病走了,大兵当了几十年的村主任,对我倒是孝顺。我,我不敢认你啊!其实,你一回来,我就知道是你了……"

"那大兵是……"

"你走的时候我怀上的……"

村主任正站在门前,本来想把鲁莽的母亲带走,没想到,这海外归来的林伯,就是自己的父亲啊!

"爸爸!"村主任大兵走到病床前,跪在林伯面前,"爸爸,我就是你的亲生儿子啊!"

林伯突然翻身下床,拉着大兵的手不放:"走,我们回家去,我没病,什么病也没有!"

林伯搀扶着英姑走出医院。

中奖之后

买彩票2年多了,我做梦都想中奖。

按往常的习惯,周二晚上9点多打开了电脑,一看中奖号,心情无比激动:这7个号码和我买的那一组极为相似!为了证实自己的判断,我拿出了彩票一对,天啊!我这组号码真是开奖中的那一注!

反复对了几遍,没错,千真万确!

我忽然心跳加速,尽管我极力保持平静,但那颗激动的心就是没法平静下来。想想为了买彩票,整天受老婆的窝囊气,这回可以扬眉吐气了。我想,这消息不告诉老婆,等领回了奖金,看她还有什么话可说。

500万,该怎么花?

先把它领回来再说。

在领取奖金时,我特地要了100万现金,我想买一部奔驰,再把剩下的钱交给老婆,堵住她的嘴巴。

开车回来,遇到了我们单位的杨科长,这家伙平时从不拿我当人看,我故意把车停在他身边,摇下车窗,我跟他打了个招呼:"杨科长,你好!"

"哎呀,小傅,你什么时候也开上车了?"杨科长羡慕地问我。

我轻描淡写地说了自己中了足彩500万的事实,杨科长立马走到我的身边,竖起大拇指:"我就知道咱们小傅总有这么一天,呵呵,以后还请多多关照!"

"这没的说,谁叫你是我的科长!"我懒得理他,让他在我面前出尽洋相后,我开着车走了,丢下还站在路边发呆的科长。

刚回到家里,家门口早就围了一大堆人,老婆笑逐颜开地招呼客人。我刚下车,众人马上围上来问寒问暖,特别是我的奔驰,众人更是爱不释手,摸摸这,摸摸那,赞许的语言不绝于耳。这是自从我懂事以来,我家最热闹的一次。

我刚在客厅里坐下,老婆马上端来一杯热腾腾的咖啡。这是我平时做梦也不敢想的美事。平时家中的小事,如洗碗、做饭、洗衣服、拖地都是我一手承包的,如今成了甩手掌柜,怎不令我受宠若惊呢。

总算把所有的客人都忽悠走了,老婆马上把我叫进卧室。老婆很温柔地对我说:"你的存折呢,交给我!"

"如今我是有钱人了,家里的一切我说了算,存折为什么要交给你?"我不理她,我要翻身做主人了。

"你还反了不成?有了点破钱就了不起?这家还是我说了算,不给,给我滚出去!"

走就走,老子如今有钱了,还怕你不成?

我刚走出卧室,老婆就过来拉我,我一生气,甩手给了她一巴掌。

"你怎么半夜三更打人,敢情是做了发财梦,还敢打我?"老婆在我屁股上打了一巴掌,"就你这德行,也想中大奖,做梦吧!"

原来,我真的在做梦,梦中打了老婆一巴掌。这下惨了,天不亮就得起来做早餐,这苦日子还得过啊!

神秘的敲门声

木子新进了一家公司,各方面待遇都很好。更让她感到温馨的是,办公室王经理对她的器重。多少姐妹们梦寐以求的好工作,让木子先上了。

姐妹们总结说,因木子长得漂亮,人又聪明灵活,才会深受王经理的赏识。木子的工作是资料文员,这项工作注定要经常与王经理打交道。

有一天,王经理突然叫人来找木子,说是有重要事情需要商量。经理室的门是半掩着的,木子轻轻地敲开了门。

"请进!"王经理一本正经地坐在椅子上,不拿正眼看木子,木子知道这是当领导的艺术,在摆谱。

"晚上要加班,是关于海南方面的订单问题,现在情况有些变化,所以办公室人员都要来开会。你晚上也辛苦一下,七点在我办公室里集中。"

木子刚想问什么,王经理摆摆手:"我现在有点事,你先

去吧。"

到了晚上,木子来到公司办公室,里面静悄悄的,只有经理的办公室亮着灯。她有些疑惑,难道是自己来早了?看看手机,正好七点。木子开始不安起来,不会是王经理说错了吧。她轻轻地来到经理的办公室,办公室的门是半开着的,木子刚想敲门,门忽然被拉开,王经理做了个优雅的动作,请她进来,微笑着说:"先坐一会儿,他们马上就到。"然后轻轻地将门关上。

王经理那庞大的身躯在她的身后停住了,不等木子开口,王经理已伸出那双大手将她的肩膀按住,然后抚摸她的秀发。

"美人,我想你好久了!"

木子不知所措,她没有想到一切来得这么突然,她的一双秀腿好像灌了铅,她本能地扭动着身子,但没有做出强烈的反抗。木子刚想说什么,那双手已从她的秀发滑到了她的脸上,然后很快又滑到了她的胸部,木子柔嫩的肌肤已激起了王经理强烈的欲望,她已感觉到王经理的身子在发抖,喉结在滚动。

木子几乎来不及反应,王经理就已将她牢牢地搂在怀里了,此时的她像是一只叼在老鹰嘴里的小鸡,她的一切反抗都是徒劳的。

木子觉得只有马上想办法离开才是上策。到此为止,她还没有伤害经理的自尊,也没有撕破脸皮。

"王经理,我要上洗手间,等会儿我再过来。"

然而,王经理并不理会木子这一套,还没有等她抽出身子,他的一双大手便紧紧地箍在木子的胸前;木子挣扎着转过身来,可那张油腻的大嘴刚好朝她的脸上袭了过来,她已躲闪不及,刚想喊叫,那张嘴已将木子的红唇堵住。

此时的木子只有束手就擒的分,王经理另一只手已从她的吊带裙领口插了进去,拉下乳罩在里面肆虐地摸。

木子在这紧张的时刻只好冷静下来,她将身子慢慢向门边靠近。王经理的那双手似乎胃口越来越大,由上而下已经开始向下滑动。女人的本能已使木子警觉起来,她不知从哪来的力量,拼死地挣扎。可是两个力量悬殊的较量已使她做任何抗拒都是于事无补的,木子的脑子渐渐变得清晰。

木子挣扎着往门边移动,然后靠着门边任由王经理的施暴。突然,"咚咚咚,咚咚咚",一阵急促的敲门声传来,刚才还是野兽般疯狂的王经理突然像触电一样猛地推开木子,然后迅速整理着自己的头发,同时也用目光示意她迅速理清被搅乱的秀发。

此时的木子得到特赦似的,不等王经理开口,她已迅速开门消失在夜色里。

等木子走后,王经理才狼狈地拉开房门,并迅速打开办公室所有灯。谁敢这么放肆,坏了我的好事?

经过仔细检查,王经理并没有发现任何可疑的现象。突然,王经理一拍脑袋,恍然大悟了。

第二天,木子就交上了辞职书,到别处打工去了。

谁叫你多嘴

小兰可以结完工资就走人。因为她多说了几句话,刚好这几句话被梁经理听到了,不走才怪呢。

怪就怪那讨厌的验厂!要不是验厂,小兰是不会走的。

早在验厂之前,工厂就对参加验厂的人员进行过培训,什么话该说,什么话不能说,都是有分寸的。就像电影台词,不能多说,也不能少说。可小兰就是不开窍,在验厂人员的甜言蜜语的哄骗之下,道出了事实的真相。

有一种版本的是这样说的:验厂人员问小兰,你们晚上一般加班到几点?别担心别人听到,这里没有外人。况且,我们是想通过验厂,让员工的不公平待遇得到改善,没有别的原因。再说了,我们也绝对会为你保密,让工厂不会为此为难你。

验厂人员循循善诱,既耐心又细心,慢慢把小兰想说的话诱出来。因为他从小兰欲说还休的脸上,看到了小兰对工厂的不满。本来小兰也是不想说的,假的台词她早已倒背如流,全搬出来就行了。可她就是小兰,小兰就是犟脾气。两天前的请假单被梁经理退下来后,又被骂了几句时,她心里就有怨声载道的感觉。为什么不让我请假?我是有病的,而且还有医生证明,你们不批我的假,就是违反劳动法的规定。想到这里,小兰就告诉验厂人员说,不加班怎么行?不加班就扣钱,谁敢不加?一个月有多少钱可扣?那大概每天都加到几点?验厂人员又问。

小兰想了又想,又迅速瞄了一下窗外,确定没有人盯梢的时候,她才小声说,经常加到晚上12点。上个月还经常加到凌晨2点,不加班货赶不完,我们的奖金就泡汤了。还有,你们看的生产报表是假的,工资也是假的,我们7月份的工资还没发呢,就是发了,也没有那么多。

哦,原来是这样的!那你们一个月休息几天,有没有休息日?验厂人员又问。这个月还没有休假,上个月只休了一天,也就发工资的那一天。验厂人员全神贯注听小兰的叙述,小兰也专注于自己的精彩回答之中,全然没有看到梁经理轻轻地开门进来了,并躲在小兰背后。梁经理听了一会儿，才出声说，她是新来的，可能在别的厂有过这样不平的待遇。我们可不是这样的……梁经理话音未落，验厂人员很客气地把他请出去。不是跟你说好了吗，我们在进行员工访谈时，你们不可以随便进来。

梁经理退出来，把门带上，但那门发出很大声音，以至于小兰也吓了一跳。没事没事，我们继续吧。验厂人员说。

尽管验厂人员说得很轻松，没事似的，但小兰却没有了这份心思。梁经理的进来，绝不是好事，这将意味着命运会对她怎样了。在工厂里，谁敢不听梁经理的话？尽管验厂人员一直在安慰她。

小兰记不清验厂人员又问了些什么，她又回答了什么。走出会客室时，她感到她的内衣完全湿透了，风一吹来，她打了个寒战。

开验厂末次会议时，小兰并不知道结果，但她知道结局肯定不容乐观。事实果然如此。验厂人员例行说明验厂的主要目的后，总结了本次验厂所发现的问题：

是这样的，贵公司在产品品质方面是做得比较好，多次的验货也说明了这一点。但是，贵公司在提供给员工的福利上面，跟劳动法要求还有很大的差距。比如说，根据员工访谈后的结果表明，贵公司提供的工资表是假的，生产报表上的数据也是假的。虽然上面也有员工签名，但这是强制性的。另外，7月份的工资你们根本就没有发放，而你们就提供了有工人签名的7月份工资表。这是不符合要求的。还有，你们没有给员工每周至少休息一天的权利，而且加班时间也超过了劳动法的规定。比如说6月份，员工平均加班在130小时以上，这也是不允许的。

本次验厂除了存在一些小问题外，最大的问题就是工资支付和超时加班的问题。贵公司既没有按劳动法的要求给员工支付工资,也没有按劳动法的要求安排员工休息。所以本次验厂不合格。

刘小兰,都是你捅的娄子!验厂人员走后,梁经理气得咬牙切齿。

保安!叫刘小兰到我的办公室来,快点!

梁经理叫我,肯定没有好事。小兰在路上想。也可能会叫我走的,或者说罚我几百元。事已至此,听天由命吧。

刘小兰,看你那么文静,没想到你也会胡说八道。你说说看,工厂哪点对你不好?你才进来多久,一个月有4000多元,还赚少吗?你为什么故意和工厂过不去,听那些验厂人员的鬼话?你没想到,你当初是怎样进厂的?如果不是你表姐,你能进厂吗?这次验厂搞砸了,全都是你自作聪明引起的。你说该怎么办?再验一次要收20000多元的费用,还不一定能通过,你知道吗?人家对我们有了不好的印象了。

小兰没有想到问题有这么严重,她也不知道该怎么回答。没错,当初要是没有表姐,她是进不了这个厂的。可我说的都是真话呀!

梁经理,要不,你就罚我的款吧!我知道我错了。小兰小声说。

罚你的款?你一个月有多少钱能让我罚?别怨我,谁叫你多嘴,别人不敢说的,你全都说了。你就跟验厂的人过好日子去吧,我们工厂容不下你,你太聪明了。

小兰不敢看梁经理的脸,低下头来,看着自己的脚上的布鞋。良久,小兰才抬起头来,怯怯地说,那我……

你!出厂吧,明天早上结工资。另外,还要扣你3000元工资,让我对其他员工有个交代。我也想让其他员工知道,什么是该说的,什么是不该说的。要是别人都像你那样,我都不知道这工厂还办不办呢。走吧,就当工厂没有你一样……

走就走吧,我就不相信离开这个厂就会饿死……

小兰走出经理室,天上的太阳还是火辣辣地照着。经理室的冷和外面的热,成了强烈的反差。当她走到车间去拿自己的袖套时,员工都知道她绝没有好下场了。

谁叫你多嘴! 不知道是谁小声说了一句。其他员工都鄙视地看着她走出车间,并小声地议论起来。

小兰拿着从会计手里结来的工资,几分惆怅涌上心头。昨天晚上她去和表姐"告别",表姐狠狠地把她数落了一顿,怨她多嘴。不说会死? 小兰没有说什么,末了,她才回敬表姐一句:奴隶相。我就不相信离开这个厂就会饿死。小兰还是那句话。

你厉害,你有本事! 我看你能走到哪里。反正我也管不了你,随你的便! 我怎么就这么倒霉,介绍你进厂,连我都挨骂。你知道吗? 你走了,我的日子也不好过了。本来我是要提升为 QC 的,这回让你这么一鼓捣,肯定没戏了。你也不自己想想,你算老几,胳膊扭得过大腿吗? 工资低? 嫌工资低谁叫你进来? 你可以去找工资高的工厂呀! 劳动法? 什么是劳动法? 就你知道劳动法,别人不知道? 别人不说,就你聪明,你有文化? 让你出厂看看,别以为你有一张破高中毕业证书,就了不起。睁开眼睛到人才市场看看,大学生还找不到工作呢! 算了,跟你这种花岗岩脑袋的人,说什么也说不清楚。明天我还要上班,就不送你了。表姐有点不耐烦了。

不用你送,我又不是没手没脚的,我自己会走的。

一个晚上小兰都没有睡,也睡不着。她在盘算着明天该去哪

里。她就这样睁着眼睛到天亮。

保安看着小兰提着行李,轻蔑地说,谁叫你多嘴?活该!

真可怜!小兰不知道是说别人还是说自己。

诗人之死

诗人迪斯是我的启蒙老师,说是老师其实他也大不了我几岁。当年正流行诗歌,作为文学青年的我,当然也不例外,很快就喜欢上诗歌,并拜迪斯为老师。

迪斯老师以童话般梦幻的诗人意识,引导我们走进那充满智慧和力量的诗歌里。记得迪斯老师在教我诗歌的时候,曾拿出一首他写的诗歌给我看。这首诗歌曾迷倒多少青春少男少女。什么"坚持,让爱发芽,持续,播送青春火种……"那时候,学校办了很多诗会,迪斯老师是其中一个。以诗会友,以诗交友一时成了时尚。但是,没有谁比迪斯老师拥有更多的学生。迪斯老师曾说,不管怎样,诗歌总是给人力量,让人感动。没有诗歌,这个世界将黯然失色,没有生机。

谁也不曾想迪斯会那么快就急流勇退,20世纪90年代初期,迪斯老师辞去县诗歌协会副会长的职务,不知所终。当然,这个协会早就名存实亡,领导除了开会写报告外,几乎没事可做。因为诗歌早就没人看。而我们这些"诗人",也作鸟兽散,各自择路求生而去。特别是当年曾拜倒在迪斯老师诗歌之下的师母,和迪斯老师离婚后,让迪斯老师对诗歌彻底失去了信心。爱都不能发芽了,诗人怎就不会失去信心呢?也就在那个时候,我们的伟大诗人迪斯老师失踪了。

文联主席卡卡认为,诗人迪斯一定是寻了短见。一个在诗歌事业上正蒸蒸日上的诗人会突然失踪,除了死没有其他路可走。要知道,诗歌连着爱情,连着生命,诗人视诗歌为自己的第二生命。爱情是牙,诗歌是水,没了爱情,诗歌也失去她存在的意义了。我失去了一位令人尊敬的诗歌老师。

前些日子,新来的文联主席对我说,杂志要新增一个诗歌栏目,想让我当主持。我不敢滥竽充数,就我那点诗歌水平,不吓倒人才怪呢。没办法,硬撑一阵子,办不下去了,只好把诗歌栏目停下来。

这时候,迪斯老师的音容笑貌时常在我眼前浮现。要是他还在的话,该有多好啊。我常常这样感叹着。

因有事出差到B城,我拿着一本顾城的诗集下了火车,就不知道该往哪走了。B城我没来过,B城文联我更没来过。我只好让出租车给我带路。挥手招来一辆出租车,刚钻进车里,出租车司机的长相让我惊讶万分。

你就是迪斯老师吧,我是刘才呀!

司机笑容可掬,这位兄弟,我可不是什么老师,我是司机。

迪斯老师,你可是那个时代的伟大诗人啊,怎么就认不得我了?当时我们还以为……

错了,我叫李洪强,不叫迪斯。另外,我也不是什么诗人,更不是伟大诗人。可能你要找的那个迪斯老师已经死了。

我拿着顾城的诗给他看,希望能唤醒他的诗歌意识。说白了,是让他苏醒,让他的精神重回到伟大的诗歌里。

这个我不懂,这种分行的东西也不是我这个出租车司机看得

懂的。再说了,我看这个能当饭吃?李洪强把诗集还给我,专心地开他的车。

那,请问师傅认识迪斯老师吗?我不愿放弃这唯一的一线希望。

认识,而且我和他有深交,曾经爱过诗歌。可惜他早就死了,十几年来,他随诗歌而去,世界上再也不会有迪斯的存在了。

"坚持,让爱发芽;持续,播送青春火种……"我再次朗读当年迪斯老师的诗歌给他听。

兄弟,认错人了,我是诗人吗?

是啊,诗人怎么会丢下伟大的诗歌去开出租车呢?看来我真的认错人了。

他不可能是诗人,那么,诗人迪斯老师应该是死了?

我不清楚,也不知道,诗人就这么死了,诗歌就这么死了?

追"剩女"

直到母亲对我下了最后通牒,如不马上找个女朋友带回家,就永远别进家门,我才知道自己早已过了而立之年,而情感方面却是一片空白。为了工作,为了生存,我努力向前。当上经理后,回头看看已逝的青春,我恍然大悟:人们所说的"剩男",非我莫属了。

不是我不紧张,也不是我不想考虑个人问题。只是身边的女孩都是比我年轻10岁以下,我哪敢以大哥哥的身份和她们谈情说爱？

  终于在我即将绝望的时候,认识了一名"剩女"。

  认识萍萍是在夏天那个炎热的日子里,总公司举办了一次新产品研讨会,各分厂派一名工程部人员参加。萍萍是二分厂派来的。那天,我们在闲聊中她说她大我1岁,可以做我的姐姐了,所以,要我们都叫她姐姐。只见她淡妆素裹,不施粉黛,清纯如天然纯净水,我被她的气质深深吸引住了。晚餐后,正是夕阳西下的时候,残阳似血,苍茫的暮色开始在大地上泛滥,我站在总公司样品楼的走廊上,眺望着这美丽的夜色。突然,我发现对面的人行天桥上,站着一个梳着麻花辫的女孩,那女孩也正在凝视远方。我的眼前猛然一亮,是萍萍!她那恬静而洒脱的样子一下子令我怦然心动,卞之琳的诗立即在我的脑海中闪现:"你站在桥上看风景/看风景的人在楼上看你/明月装饰了你的窗子/你装饰了别人的梦……"

  萍萍的专注更令我心醉神迷,我不知心中一下子从哪里来的贼胆,情不自禁地对着萍萍一声轻唤。萍萍转过头来淡淡一笑,就如一枚嫩叶轻轻地飘到我的跟前。"不好意思,打扰了你的雅兴。"我没话找话心虚地对萍萍说。萍萍眨眨美丽的眼睛,露出秋水般的笑靥:"不,你说错了,欣赏的最大乐趣的是什么?就是要找到一个能与之产生共鸣的知音。你看,这美好的夜色怎能只属于我呢?"

  甜美的声音从萍萍小巧的嘴里轻快地流淌出来,我顿时有了一种"众里寻她千百度,蓦然回首,那人却在,灯火阑珊处"的感觉。

  接着,我们沿着路边的林荫小道散步,倾听萍萍侃人生、侃文学、侃打工生活中的奇闻趣事。我一直自诩为无所不通,但在萍萍面前,我不得不自认孤陋寡闻,只能算个小学生而已。这天晚上,我们走了很多路,谈了很多话题,可我还是觉得路长话短,似乎有什么心事要向她倾诉似的。对了,她说我是她的知音,这不分明在暗示我……

后来,我也记不清我们都谈了些什么,很少对女孩子心动的我,竟然为了萍萍神思恍惚,六神无主。

回到工厂后,我的脑海里总是浮现出萍萍的音容笑貌,久久挥之不去。为了证实我的预感,我曾有意无意地打听一些有关萍萍的为人,回馈给我的信息表明:萍萍绝对是个优秀的女孩。

我知道我没理由地爱上萍萍了,辗转难眠中,我不知道该怎样向萍萍表达我的爱慕之情。经过一番苦思,终于找到了门路:向萍萍发电子邮件,这样既免除面对面陈述的尴尬,又充满浪漫,极富有诗情画意,也符合我的为人准则。

我以真名相告,痴痴地向萍萍诉说着:

"萍萍:那天邂逅,让我对你怦然心动,即使这是一场美丽的错误,我也无怨无悔。

等你心愿花开,等你梦想成真,等你携手人生,等你在黑暗中相搀相扶,等你幽蓝的秋水中盛下我真情的表白,等你和我一起走进人生的童话……

萍萍,你是优秀的,在我的眼中,你一枝独秀。能否在你多彩的人生道路上,让我为你护航?"

关上电脑后,我环顾一下四周,哈哈,平安无事,同事们都在专心于自己的工作,没有人发现我的可恶行动。只有好友阿宏贼笑着望着我,似乎窥破我的心事。

一天,二天,三天……一个多月过去了,还不见萍萍的回复。我开始寝食难安起来,难道是我自作多情?

爱情路上,为什么好事多磨?

我没法再等下去了。萍萍是我一生的唯一,认定她了,就不再改变。

第二天,我请了一天假,赶往萍萍所在的二分厂。好不容易等到萍萍下班,她一见到我,很是惊讶。但她还是很大度地带我到大排档吃饭。

我说明了来意,萍萍说,我为什么没有回复你,就是怕你后悔莫及。其实,我并不如你想象中的那么优秀,我有我的人生轨迹,而且不同于他人。拒绝你的爱,都是为你好。这就是我会成为"剩女"的原因。

我很执着地对萍萍说,我不管你走过什么样的人生道路,我的初衷永不改变。

萍萍的目光黯淡下来。她说,说句心里话,不喜欢你是假的。你很优秀,又那么聪明,但我不想让你认为我是个空谈感情游戏的女人,所以,我应该对你说真话。你很特别,也很诚实,令人爱慕。可我还是不能答应你,因为我的心如同一个玻璃杯子,因为不小心,曾经破碎过一次,破坏了原有的完美。虽然我目前过得并不幸福,但我依然爱我所爱,无怨无悔。我被人伤害过,但我并不想去伤害别人。每个人都有自己的归宿,千万别鼓励自己去闯入别人的天地,你说是吗?感谢你对我的欣赏,就让我们做个互相信得过的朋友,好吗?

萍萍告诉我,她曾经有个男朋友,他很优秀,他们同居了一年。当她告诉他已经怀上他的孩子后,他对她开始敷衍,最后,他消失在她的视线里,到国外去了。肚子里的孩子成了他们爱的牺牲品,从此,她再也不敢涉足爱河,不敢捕捉她身边的任何爱的信息。久而久之,她也成为"剩女"了。

原来如此！

回来后，我给萍萍发了短信：我不计较你的过去，更不会在乎那些条条框框，都什么年代了，还把过去看得那么重？你是"剩女"，我是"剩男"，我们完全有理由成为人生知己。把你的一生借给我，好吗？

萍萍没有回话，没过多久就从工程部调到业务部去了。我知道，她是在躲避我，不让我见到她。

我再次给萍萍发短信：我对你是真心的，绝没有半点同情的成分。如果你不接受我的爱，我将消失在你的眼里，浪迹天涯！

这回萍萍着急了，她马上给我打电话，让我放心，也让她考虑考虑。毕竟这是大事，我们都不是小孩子了。她要我好好工作，千万不要做傻事！

收到短信，我双手一拍，如范进中举样高兴：这下有戏了，萍萍今生非我莫属！

除此以外，萍萍从不给我打电话，我的电话她也是三句话不离本行，尽谈工程部的东西，从未向我提出半个"爱"字。这可不行，我早就在同事面前夸下海口，国庆节和萍萍结婚。如果事情没有向良性方面发展，承诺的大话就没法兑现。更主要的是，在长期的观察中，我真的爱上她了。

4月1日晚上，我上街去，准备给萍萍买点什么，表示慰问。一切准备就绪，我赶到二分厂，萍萍已吃过晚饭。当我敲开萍萍的房门时，她惊讶得说不出话来。特别是我手上提的礼物，更让她高兴不已。因为我手上提的是生日蛋糕，我早就查出今天就是她的生日了。

望着生日蛋糕，萍萍高兴得差点掉眼泪。她说从她出生到现在，从没有谁为她过过生日。我是第一个。

我说我也想成为最后一个为你过生日的男人,你今生的生日,由我一手操办!

关掉电灯,点上生日蜡烛,我发现萍萍的眼泪掉下来了。经再三询问,我才知道萍萍是个孤儿,父亲早逝,母亲改嫁。她从小寄养在伯父家里。伯母是个泼辣女人,对她这个外来女孩,从不放在心里,要不是她父亲临死前留下一笔钱,她是没法上完大学的。

我对萍萍说:"让我呵护你的一生吧!"

"你真的不在意我的过去?"萍萍问。

"不在意,而且永远不会提起。"我说,"把你的一生借给我,好吗?"

"好了,我不想再骗你了。"萍萍吹灭了生日蜡烛后对我说。

其实,萍萍并不是如她说的那样,她既没有过男朋友,也没有生过小孩。所有的这一切,都是她在考验我。她的父亲就是个花心男人,做了生意有了点钱,就天天在外面花天酒地,从来不管母亲的死活。母亲整天以泪洗面,也无可奈何。后来,父亲和一个女人在外出风流的路上,双双出车祸而死。在这种环境中长大的女孩,在婚姻的大问题上,怎会不小心翼翼?关闭了自己的心扉,成为"剩女"也就顺理成章了。

"你要借我一生,那我得先借你一世。我不是想抬高自己,既然你肯委屈自己,那我就答应了……"

"真的?"我不相信地问。

"傻瓜,这能假的吗?'剩男'就和'剩女'结为百年之好吧。"萍萍红着脸说。

"那我能叫你萍姐吗?"

"随便你……"

我高兴得抱着萍萍,在房间里转了一圈。

留　恋

　　事情发生于在桌上的那封信,保安员刘二刚上班就发现了。
　　信是熟悉的北方城市寄来的,字是用圆珠笔写的,字写在一种十分粗糙的信纸上。那些字感觉有些歪斜,像一个腿上有毛病的人在走路,随时有摔倒的可能。信很短,不到半张信纸,内容就完了。
　　信上说女人的父亲病了,这一次病得更重,起不了床。信里还说已经答应过她,为了她的前程,不再打扰她平静的生活。但是,这次不同,因为女人的父亲就在医院里,如再不交钱的话,医院就会把人赶出去。家里已经欠了很多钱,包括女人上学时向人家借的钱。信里说打电话女人不接,最后连手机也换了号码。没办法,家里只好用写信的方法。家里想她如果可能的话,寄点钱回去。
　　信写得不长,但言简意赅,该说的都说了。
　　这回刘二全傻了,他明白自己犯了一个重大的错误。为什么要拆开那封信? 一开始用力过猛,撕开的口子太大,想要重新黏住是不可能了。下午三点换班后,刘二怀揣别人的家书,跌坐在狭窄的铁架床上,忐忑不安。一会儿站起来踱步,一会儿又坐下去喘气。这是他来到南方后遇上最大的麻烦,他不知道该如何处理这件事。
　　怎么办? 他的脑海里总是浮现出那个躺在床上的老人。这个老人长得很像女人,到后来觉得越来越像,连细细的纹路也越来越清晰。到了快吃饭的时候,这个老人忽然变成他的父亲,也是躺在床上的样子。他狠狠地摇晃着头,但父亲还在那里,不说话只是对着他笑。

父亲平时难得一笑,其实父亲是笑不出来的。如今父亲这笑让他浑身发毛。

这回刘二终于承认自己犯了个天大的错误。他怎么也想不通女人的背后有这么一个可怜的家,可怜的父亲。这可是一个年轻时髦生活在大都市的女人。

踱步来到保安室,女人正从办公室里走出来。她一见到刘二,就像大白天见到鬼一样,浑身发软。刘二没想到正想她的时候就碰上了她,他狠狠吸着女人飘在身后的香水味。你怎么还不急呢?你装什么呀?你的老爹都病入膏肓,危在旦夕,知道不知道?可是,这话该如何向她讲?要是把信交到女人手里,或是随便丢在垃圾桶里,最后被她发现了……他刚想了一会儿,就吓得迅速闭上眼睛。

万一查出来,一些事就会水落石出。包括刘二偷偷使用办公室的电话给家里打长途,包括别人把一件旧风衣遗在保安室,被他偷偷寄回家里给儿子穿的事,全都会被扯出来的。

儿子一直是全校最迟交学费的学生,儿子从来没有穿过一件新衣服,他想让儿子在学校里风光一回。

他十分留恋这个城市,他没有一个朋友,要是回去,就很难再出来了。他每个月除了买饭菜的钱以外,把所有的钱都寄回去了。烟是早就戒了,吸人家的烟屁股惹人笑话。老婆生病时,他欠下一笔不小数目的债,至今还没还清呢。

他最怕失去工作,这个工作让他常常感到不是真的。他太喜

欢这个城市,太喜欢这份工作了。这城市比他想象中的还好一千倍。这个城市到处是高楼大厦,美女如云,漂亮的小车比家里的自行车还多。这是他的父母一辈子累死也想不到的好地方。很多次刘二站在大厦的保安室,就是感到有点不真实。

可如今这信揣在怀里,如同揣着一颗定时炸弹,随时会发生爆炸一样。别人知道后会怎么样?开除?送派出所?进监狱?那时候他的老家马上知道他刘二不是什么孝子,也不是一个很有能耐的人,而是一个十足的败家子。他不敢再往下想了。

对了,通过她的回忆,也许她还会记得那个贫寒的家和无多时日的父亲!

对了,让她认识他!刘二突然想到这个他认为的好办法。

终于有个说话的机会了。

王姐,听你的口音,你老家好像是北方的吧。

女人说:是的,我的祖籍是北方,但我们家很早就到深圳来了。你,我认识你吗?

刘二从她的话里感到些许失落:不认识吧,我是这个大厦的保安员,我以为你是北方人呢。

女人说:什么北方人?我可能成为北方人吗?真是可笑!我的母亲就是地道的深圳人,你说我是北方人还是南方人?

刘二没话找话:那你是半个深圳人了。

什么半个?我就是这里的人了。说到这里,女人突然换成了南方腔:不过我也去过北方,还在那鬼地方待了几天。你们北方好冷啊,居住条件也很差,吃的东西是大锅大锅地煮。另外,你们北方人不讲卫生,十天半月也不冲一次凉,恶心。还有,你们喜欢吃那个什么窝窝头,烂面条当成了主食……

听到最后,女人用十分同情的眼光来审视刘二,觉得刘二是个可怜人——可怜的北方人！这一点刘二是深恶痛绝的。这话也让刘二无言以对。他低下高粱一样的脑袋就不知道再说什么好了。

刘二低下头的时候，他一边看着自己的人造革皮鞋，一边看着女人脚上优质的凉鞋，和被涂得红红的脚指甲。刘二心里犯了糊涂：是不是自己弄错了？越是这样想，刘二越觉得那封信的内容与女人无关了。女人光洁的额头，白白的手臂，红红的嘴唇，这绝不是一个农村出来的女人。再想想，这样的信，反倒像是自己的家书了。

最后，刘二还想再做一次抵抗，他用家乡话问她：王姐，你也喜欢吃麻雀吗？他记得信上面提到过这个。信上说女人的父亲曾经说一定要坚持吃，她的哮喘病才会好的。麻雀热补，去寒。

女人一听刘二的话，脸上的肌肉不自然地跳动了几下，人也随即发了一会愣才对刘二说：你说什么呢？你这个保安员，我怎么就听不懂呢？

刘二说，我说了一句家乡话，对不起，家乡话总是最亲切。如果不是这封信，他还不知道这单位有一位自己的老乡。我是问你喜欢吃麻雀吗？家乡有很多麻雀。

刘二一板一眼用普通话说清楚了。

不喜欢！女人接着说，只有你们北方那种又穷又冻的鬼地方的人才喜欢吃麻雀。那东西能吃吗？那东西是人吃的吗？女人一下子变得心有余悸，声音异常尖锐。她气得用白白的凉鞋去踢粉白的墙角，以掩饰自己内心的不安。

晚上没事，刘二就看天。这里的天是深蓝色的，看不到星星。这个城市为什么没有星星呢？想到了星星，刘二就想到了自己的老家乡下。

脑子里满是一个和自己父亲很像的老人，又是那封信！

女人啊女人，你为什么不想家呢？为什么非得逼得我丢掉工作呢？这个时候，刘二突然凭直觉认定那封信一定是写给女人的。因为他想起很久以前保安室曾收到一个寄给女人的包裹，刘二仔细摸过，是一些晒干的麻雀。

一定是这个女人，信的落款是三妹，信里也说了晒干的麻雀。

她手上戴着一块白金手表，很晃眼，晃得刘二有点难受。刘二的老婆没死时曾想要一块电子手表，也就二三十块，但刘二没有做到。

身后是灯火辉煌的都市，刘二蹲在一个井边，不知是为什么他此时很想在这里蹲着。他的手已经摸到口袋里那封信了，他准备把它扔到这个没有盖的阴井里，让这件事完全消失。

路灯下，他不由自主地又看一眼那些歪歪扭扭的字，没想到这到越发像他爹的字了。看到这些字，他的鼻子就有点发酸，发痛，一直酸到鼻子根部。出门之前，他和爹干了一架，刘二此时却禁不住想他了。爹的头发早已发白了，还说过等刘二安顿下来后，也想到深圳来。他能做什么呢？

最担心的事情又来了，临下班时，一封从老家来的信又丢在保安室的小桌上。一看地址，和上一封信相同。这封信和上一封才相隔5天，一定又是来催钱的了。

刘二躲在洗手间里，撕开信封，这信比上一封长一点，里面的字却是另一个人的。信里说不用寄钱了，女人的父亲得的是癌症，没得治了。其实这病拖了很久，只是不敢告诉女人而已。第一封信刚寄出时，女人的父亲就死了。临死前一直交代家人不用告诉女人，让她安心工作，不要因为家里的破事让她在人前抬不起头来，影响她的前程。信里还说，她虽然是收养的孤儿，但是当爹的一直为她骄傲。因为有了这个女儿,爹在村里腰杆才挺得最直的,爹的威信在村里也是最高的。

刘二喝了一瓶"一滴香",就着一碟红色的辣椒。平时他是舍不得喝酒的。这里的灯光太亮了,亮得刺眼。为什么不黑一点呢？能让自己的心事和不争气的眼泪在一个地方藏起来？

刘二是坐早上5点钟的车回家的。那时天快亮了,他知道这个时候就是没有他在这座大厦也不会有什么事的,因为治安员马上就要上班了,他们已开始列队,准备巡逻了。

辞职信是放在保安室的小桌上的。

他是在汽车里认真看看这座还没有完全醒来的城市,在这里做了两年多的保安,他从未离开过单位到别处去看看。

关于离开,之前他没有告诉任何人,不然的话单位不会让他领走工资的。他是一领了钱就买了车票的,其他的钱就按那个地址汇去了,那是女人的老家。他怕自己会后悔,是在喝酒时做出的决定。

那两封信是在第二天早上上班时,被发现在女人的办公桌上的。女人的一双手气得发抖,害得她那套漂亮的裙子也跟着发抖。此时,她最恨的是:她的事情,终于还是有一个人知道了。

终于,刘二坐在通往家乡的破大巴上时,这个城市的一个女人被彻底气哭了,她再也克制不了自己的愤怒,她对着分不清东西南北的地方咆哮着:你们这些该死的民工、乡下人,无耻！

报　答

　　芳村的李三是个泥工，他有一手绝活，砖砌得好，墙刷得直，地板铺得平。是远近闻名的老泥工。

　　李三长期在荣坪建筑公司上班，对公司贡献很大。这不，前些日子，50岁的李三就被调到材料组守更，工资不变。

　　两年前，建筑公司正缺人手，一个北方来的民工阿雄成了李三的好帮手。阿雄是农村来的，为人诚实且勤快，很讨李三喜欢。这阿雄也够灵活，李三教的一些技术活，他一学就会。

　　不久，阿雄学会了泥工活，工资也涨了不少。这时，李三也从泥工班退下来了，两人也就没了师徒的关系。但阿雄是农村来的，在南方举目无亲，于是，李三就成了阿雄唯一的亲人。逢年过节的，阿雄都会大包小包地往李三家送。特别是阿雄带来的媳妇小梅，也对李三孝敬有加。每当这时，李三就对阿雄说："阿雄啊，小梅也快生产了，你也应该节约一点，不要再为我破费了。"

　　听李三这么一说，阿雄反而不好意思起来："李师傅，俗话说一日为师，终身为父，我是不能忘的。再说了，没有师傅，哪有我阿雄的今天？"

　　既然阿雄一再坚持，李三也就没再说什么。但他们的关系却如同父子一般。

　　本来工作是很轻松的，可近来晚上总有小偷去偷公司的材料，让李三很是恼火。特别是钢材，总是在李三的眼皮底下被偷走,一连抓了几天,连个鬼影子都没有。李三坐在材料堆上犯了愁:这事要是让领导知道,怪罪自己不认真负责不说,说不定还要作出相应的赔偿呢。

李三到工地上转了几圈,笑出眼泪,才回到宿舍去。

这天晚上李三睡了个安稳觉。第二天一早,李三刚到工地,就有人告诉他,阿雄昨晚被钢材砸死了。"什么,阿雄被砸死了?"李三的脑子嗡的一声叫,要不是抓紧身边的围栏,李三马上就会倒下去。那人告诉他,昨晚阿雄上夜班,因为需要一点钢材,他去材料员那开了出料单,就再也没回来了。今天早上,人们才发现他被压在钢材堆里。

李三赶到钢材堆,阿雄已经被扒出来了,全身血肉模糊,已经没有呼吸了。法医正在拍照、验伤。这时,阿雄的老婆小梅也来了,她刚生下孩子不久,孩子由一名妇女抱着,小梅哭得死去活来。看着阿雄的尸体,在场所有的人,无不伤心落泪。

公安局在工地查了几天,也验了指纹,但因为钢材上留下了很多人的指纹,变成杂乱不清,无法定案。

阿雄不是正式工,虽然是因公死亡,却只拿到 4 万元的赔偿金。而这钱,因小梅是从家里逃出来的,没有和阿雄办理过结婚手续,工地赔偿的钱全让阿雄黑心的家里人拿走了。有人劝小梅打官司,说什么她和阿雄是事实婚姻,小梅摇摇头拒绝了。有家回不去,小梅只好暂时住在租房里。以后的日子不知道要怎么过。

李三走进小梅的租房,已经是一个月后的事了。

李三看到小梅的租房又低又暗,没法通风。他刚坐了一会儿,就汗流浃背。望着小梅浑身湿透了,李三什么话也说不出来。

李三退出小梅的租房后,马上叫了一部车,取出 6000 元来,

到了商场买了风扇热水器和一些小孩子用品。小梅看到李三一下子送来这么多东西时,激动得哭了。李三又把4000元交到小梅手里,小梅说什么也不接。李三说:"阿雄把我当父亲,他走了,我也要负起责任。"

第二天,李三又把小梅母子安排到另一间租房,房租由李三付。"李师傅,这怎么可以,我们娘俩亏欠你那么多,这……"

"别说这么多了,等小孩离手了,你再上班吧。"小梅看着崭新的租房,再一次流出激动的眼泪。

从此以后,李三一周定期上小梅的租房一次,送米送煤气送油等等。他看到小梅娘俩寂寞,又从旧货市场给她买了一台21寸彩电。小梅在李三的照顾下,人也渐渐丰满起来,脸色也红润很多。只是小梅对李三如此照顾自己,心里愧疚得不行。但孤儿寡母的又有什么能报答的?因此,每次李三来家,小梅总是让座倒茶再加上一脸含情脉脉地注视着他。

李三最初也是以愧疚的心情来扶持小梅娘俩的。可时间一长,愧疚的心情便慢慢磨淡了,那种施舍和恩人的心理便占了上风。

有一天,李三刚走进租房,小梅便笑容可掬地叫李三躺在床上,李三浑身一热,这莫非……小梅红着脸说,自己没什么手艺,想孩子大一点出去找点活干,所以就买回一本按摩书,刚学了一点,今天想拿李三做试验。李三这才放下心来,小梅的双手柔柔地按在李三身上,李三感到前所未有的舒服。他趴在床上,闭上眼睛,任由小梅推揉搓捏,心中却燥得要命……由此,李三去小梅家更勤了。

这是一个十分暖和的下午,李三提着工地上分的一大袋水果,去小梅那里。小梅见李三被晒得通红,眼泪便流了出来。李三说:"小梅别哭,我见不得女人的眼泪。"小梅擦了一把眼泪说:"李师傅,你累了,让我为你按按吧。"李三没有说话,却一把抓着小梅柔若无骨的小手。小梅愣了一下,便马上明白了。她没有说话,低下头来,柔顺地偎依在李三怀里,李三声音沙哑地叫了声小梅,小梅把头抬起来,把自己红润的小嘴送给李三。李三却粗鲁地把小梅扔在床上,撕剥着小梅的衣服。小梅闭上眼睛,温顺地任由李三折腾。

事后,李三急急地穿上衣服,望着躺在床上娇柔无力的小梅说:"小梅,我,我不是人……"并一再扇自己的嘴巴。小梅坐起来,一把拉住李三的手:"李师傅,快别这么说,要不是你,我们娘俩早就饿死在南方了。其实我早就想这样了,只是怕你讨厌我,所以……"说着,小梅又流下了眼泪。

从此以后,李三就离不开小梅了。这年年底的一天,正好是小梅的生日,李三备了一些酒菜,提到小梅的租房。

已经很晚了,小梅还没有睡,也许她正在等李三的到来。李三来后,小梅把酒菜摆好,便陪李三吃喝起来。灯光下,小梅更加楚楚动人。也许是有美人作陪,今晚李三的酒兴特好,不知不觉地把一瓶"皖酒王"干了个底朝天。小梅又买了一瓶,再喝,李三的舌头就笨笨的,说不出话来,眼泪也不知什么时候流了下来。李三突然冒出一句令小梅震惊的话来:"小梅,我,我对不起你,对不起阿雄……"小梅还以为李三说自己霸占了阿雄的老婆,又是一阵劝慰。

"小梅,阿雄的死是我引起的,那天晚上的机关是我设定的,我是用来对付小偷的,谁知阿雄他……"原来,李三早就想整整那些小偷了。那天,李三越想越气,总得给贼子一点教训才好。于是,他想起了乡下人抓山猪的土办法——顶杠子。就是把钢材堆的几捆钢筋竖起来,下面架空着,然后做个活动的机关。如果有人来偷钢材,一碰上钢材,上面的几捆钢材就会自动掉下来,小偷不死也得残废。做好了这一切,李三才往回走,心想,我叫你偷,我叫你偷。

李三说完,便倒在床上睡去了。

第二天早上醒来,才发现小梅一夜没睡,坐在床上流眼泪。李三发觉不妙,不知道自己昨天晚上都说了些什么。这时,小梅说话了,但这话很冷,李三感到有股凉气直透胸襟。

"李师傅,你对我们娘俩也算是尽心了,我也把自己给了你,我们之间扯平了。但阿雄是被你害死的,你要还我一个老公来。"

"赔老公?"

"对,我不想和你这样偷偷摸摸的,我要光明正大地和你过日子。你回去和李嫂离婚吧,和我正式结婚。"

"这,我和你年龄相差这么多?"

"这不是问题,相爱是不在乎年龄的,况且我们都这样了。"

望着小梅楚楚动人的模样,李三彻底心动了。他高兴地点点头。

小梅又说:"我等着你,这段时间你不要再来了,免得别人说三道四的。等你拿到了离婚证明,我就是你的人了。"

第二天,李三在工地上想了整整一天,晚上回去后,还是和李嫂摊了牌。

虽然李嫂坚决不同意,但李三态度坚决,又表示净身出户,什么也不要李嫂的,经过一个多月的调解协商,李嫂终于同意了。于是,法院判处了李三和李嫂的离婚。

拿来离婚证明后,李三急急跑到小梅的租房,却发现人去楼空。房东告诉他,小梅10多天前就走了,不知去向。

李三蹲在地上,似乎什么都明白了,又似乎什么也不明白。

丁香的婚事

丁香是大王庄的美人儿,这穷乡僻壤的大王庄,却养育出丁香这么美的姑娘。

美是好事,美也是坏事。这不,庄里的开车个体户二柱就是看上了丁香的美,早就托人来提亲了。

二柱只有160厘米高,是时下姑娘们眼中的"三级残废",当然丁香不愿意。更主要的是,丁香早有了意中人,那就是在村里当文书的刘平。刘平高中毕业后,没能考上大学,就留在村里当文书。他个子高高的,又有文化,人长得英俊,虽然家里很穷,但丁香还是爱上他了。

这天晚饭后,娘把丁香叫到跟前,说是要把她嫁给二柱。丁香一听娘的话,头摇得像拨浪鼓一样,一万个不同意。可娘说她已经收下了二柱娘的彩礼10万元,不同意也不行了。

事情是这样的,丁香的父亲几年前就去世了。丁香还有个傻傻的哥哥,31岁了还找不到老婆。如果有了10万元,丁香的哥哥就能找到老婆了。娘虽然也知道丁香爱上刘平,可刘平家是拿不出10万元来,娘只好忍痛答应了二柱娘的要求。

丁香知道哭闹是没有用的,凡是家里拿了人家的彩礼,就非嫁不可,这是庄里几百年来约定俗成的规矩。再说了,傻哥哥总

不能一辈子打光棍吧,娘也够苦的了,就让她过上几天舒心的日子吧。丁香把自己关在房间里哭了两天后,就点头应允这桩婚事了。

二柱一家笑得合不拢嘴,准备操办丁香和二柱的婚事。刘平却气得咬牙切齿,一边骂丁香母女无情,一边骂自己笨蛋。因为穷,他只好眼睁睁地看着女朋友成了别人的新娘。

万事俱备,只欠东风。只要拿了结婚证,二柱和丁香就是夫妻了。这天上午,二柱和丁香来到镇里婚姻登记处,刚要走向台阶,二柱问了丁香:"丁香,如果你不同意,现在还来得及。我想了很久,总觉得这样对你不公平,我配不上你,你也可以退婚,钱嘛,就当是借给你好了,以后再还也行。我说的是真的。"

听完二柱的话,丁香感动得热泪盈眶。想不到大老粗似的二柱,心肠却这么好。退婚,她不是没想过,可一旦退婚,她和娘一辈子也还不清那10万元。算了,一切都是命,认命吧。

丁香又摇摇头,继续往前走。

婚姻登记手续基本上办好了,还有一关就是要进行健康体检,体检合格才能拿到结婚证。这是规定,凡是要结婚的男女都要进行健康检查。丁香红了一会儿脸,就由一位女医生带到房间里去了。

"三天后来拿结果,并办理结婚证。"出门的时候,医生交代说。

回来后,丁香的心就死了。她总是觉得对不起刘平。第二天,在地里种小麦时,丁香和刘平相遇了。看到没有旁人,两人偷偷地拥在一起,哭得死去活来。"刘平,你别再来找我了,我已经不是你的人了。"丁香哭着说。

"不,丁香,我永远爱你!如果你将来遇到什么困难,我会随时出现在你身边的。"刘平和丁香又说了很多话,才依依不舍地离去。

三天的时间很快过去了,二柱高高兴兴地带着丁香来到镇上。刚走进体检处,二柱就被那个女医生拉到另一个房间里去了。

"小伙子,你要想清楚,你那女朋友有可能是肝病变。"她说着,拿来那天拍的X光照片,"你看,她的肝区有个圆圆的阴影,这是肝病变的先兆。和她结婚,她是没有多少时日的。"

"哇……"丁香站在门边哭出声来。原来,医生叫走二柱时,丁香就感到奇怪,她悄悄跟在二柱后面,结果听到了医生和二柱的对话。

"我不想活了……"丁香边哭边跑,往家里跑回来了。害得二柱在后面跟得满头大汗。

丁香得了肝癌的消息不胫而走了,她把自己关在房间里,三天三夜不吃不喝。娘更是哭得不知如何是好,丁香得病,二柱肯定不会要她,可那10万元早已送给了儿媳妇家里去了,下个月就要为傻儿子结婚了,去哪里拿这多钱来还给二柱呢? 更要命的是丁香的病,她才22岁啊,怎么办呢?

丁香托一个要好的妹妹给刘平送信,要他赶快来看她。她想在最后的日子里,有刘平在她身边。可刘平说他要应付镇里的干部开会,没时间来。虽然第二天刘平来了,却无法为丁香分担什么。而且坐不了多久,就说有事先走了。他心里想,是我幸运了,谁知道她会得肝癌。

"你……"丁香望着刘平的背影,一句话也说不出来。

丁香准备等死,谁劝也没有用。娘只好整天以泪洗面,悲痛万分。

这边的愁还没有愁完,二柱就找上门来了。娘又惊又怕,人家来找你要钱是理所当然的,10万元啊,叫我们母女怎么还啊?

"娘,虽然丁香还没有过门,我还是叫你娘,毕竟我和丁香的事谁都知道。"二柱刚进门就对丁香的娘说。"你们不要担心钱的事,我二柱虽然没有多少文化,但人心是肉长的,我知道自己该怎么做。那些钱,就当是我借给你们的好了。另外,我这里还有4000元,是准备丁香过门时办酒席的,现在你先拿去给丁香看病吧。"

"这,这怎么行呢?"丁香娘不敢接二柱手中的钱。

就在这个时候,丁香开门出来了,她"扑通"一声跪在二柱面前:"二柱哥,对不起,我们娘俩很感激你,只要你不逼我们还钱就谢天谢地了,我们哪敢要你的钱?我的病没什么好医的,得这病谁都知道熬不了多久,不用再浪费钱了,你的好心我们领了……"丁香又是泣不成声。

"什么也别说了,治病要紧,我昨天到县城给你包了一些药,是专家开的,先吃吃看吧。专家还说要进一步确诊,才能得出最终结果。"二柱扶起丁香,硬是把钱塞进她手里,并一转身跑了。

看着二柱的背影,母女俩抱头痛哭。

刘平再也没有来了,这反倒让丁香心安。她不想在死前欠下他的人情。几个要好的姐妹,还是天天陪着丁香,怕她出现什么意外。

天还没亮,丁香就出现在二柱家门口,她把4000元钱放在二柱娘的手里:"伯母,这钱是二柱哥昨天给我的,你替我收下吧。我们母女来生再报答您和二柱的恩情!"二柱娘心痛地抱着丁香:"孩子,去看看吧,钱二柱还可以再挣,说不定还有希望。"

"不了,不能再给二柱哥添麻烦了,谢谢你们。"丁香哭着跑了。

二柱望着丁香的背影说:"多好的孩子啊!"

这天晚上 11 点多,丁香的一个要好的姐妹跑来告诉二柱:"二柱哥,快开车过去,丁香姐割腕自杀,流了很多血,赶快送她去医院吧,快快……"

二柱大叫一声,二话没说就发动车子,并在第一时间内把丁香送到医院去。

还好,有惊无险,由于抢救及时,丁香得救了。

丁香在医院里住了 8 天,二柱天天陪在她身边,人整个消瘦了。而刘平却从未踏进医院看望丁香一眼。丁香出院这天,恰巧碰到那天给丁香做体检的医生,她一再要求丁香再做一次检查,以便确定丁香的肝区是属于哪种类型的肿瘤。

丁香死活不同意检查,像这样子活着不如死了。但二柱不让,硬是把她拉去检查了。

一个多小时后,检查结果出来了,医生惊喜地叫道:"没了,肿瘤不见了!奇怪啊,难道是我看错了?"医生又拿来当天拍的片子和今天的片子对照一下:真是这样,没错!

丁香和二柱的脸上都露出了难得的笑容,可丁香却纳闷不已:我并没有吃什么药啊,肿瘤怎么没有了?是老天在保佑我?

对了,那天我的内衣里不是揣着一个圆圆的小镜子吗,是不是这个小镜子惹的祸?

丁香把自己的想法和医生一说,医生一看 X 光照片,恍然大悟了:"对,是它,是它惹的祸!恭喜你,吉人天相!不过呢,还得感谢你男朋友,要不是他照顾你……"

丁香一时羞得满脸通红,谢过医生后,她拉着二柱的手说:"走,我们办理结婚证去。"

"真的？"二柱不相信地看着丁香。

"我看上的是你金子般的心！"丁香肯定地说。

爱情妙计

那天我走在美女如云的大街上时，有两个美女花枝招展地向我走来。这么好的机会我怎能错过？于是一双眼睛恨不得变成两双眼睛，因为我实在不知道要把眼睛放在哪位美女身上。我看得津津有味，如痴如醉，忘记了正在走路，忘了正走在车水马龙的大街上，等与两位美女擦肩而过时我还忍不住扭头看。这时，一阵若有若无淡淡芳香直入肺腑，这是怎么回事啊？

定睛一看，我发现我正处在一个怎样的尴尬境地：一位美女正在弯腰系鞋带，而我由于注意力过于集中不偏不倚正好撞在她身上。这还不算，周围来去匆匆的人群忽然一下子停下来了，全神贯注地注意我和被撞到的美女，期待一场好戏上演。大街这种事情并不少见，我心中叫苦不迭，大家都知道现在女孩子非常渴望自己成为公众瞩目的核心，一旦某位先生故意或无意挨了一下她们的衣服或是仅仅把一口气吹到她们脸上，那么这位无礼的先生很快就会变成流氓。今天看来我是在劫难逃了。

女孩转过身来，好一张阳春白雪的脸！我的眼睛顿时瞳孔扩大，心跳加速，不知是幸运还是不幸，撞到这么个如花似玉的女孩。而一想到之后就要被如此漂亮的女孩在众目睽睽之下羞辱，我想，只要她脏话一出口，我便夺路而逃，好汉不吃眼前亏。

女孩看着我,又看看四周,眨了眨眼睛说:"不好意思,我不是故意的,对不起。"我惊慌得连连摆手摇头:"是我不对,不怪你。"好戏没看成,巨大的失望让周围那些无聊的人匆匆走了。

众人散去后,女孩上上下下把我仔细打量一番,我只好赔着笑脸故做正人君子状,唯恐女孩看不出我是一个仪表堂堂的帅哥。女孩扭头便走。我长长地舒了一口气,死里逃生的感觉真好。

路过一家冷饮店,为了让自己镇定下来,我走了进去,大声叫道:"老板,来个雪花冰淇淋。"

冤家路窄!刚才和我相撞的女孩又出现在我面前。她坐到我前面:"你在叫我?怎么又是你,贼心不死是吧?"

我们于是顺理成章地坐在一起了,我也知道她叫纯子,一个很好听的名字。纯子说她很相信缘分,今天我撞了她,本来她想请我吃饭,可她看到我老气横秋的样子以为我至少是个5岁小孩的爸爸了。第二次在冷饮店和纯子相遇时,纯子认定我们是有缘了。

我迫不及待地告诉她我不仅未婚而且从未谈过恋爱,以往和女孩子最亲密的动作也就是手拉手,是同学间的那种拉手。

我脸不红心不跳的谎言初步取得纯子的信任。但我们一起走出冷饮店时,纯子突然问我:"你说你才26岁,可我怎么看你也有36岁了。"

我不禁长叹一声:"这是缺乏爱的滋润啊!"

多次的恋爱经历告诉我,纯子是一个单纯而又执着的女孩,正是我可以休息的港湾。我准备让纯子成为我的爱情终点站。

我和纯子进入了热恋阶段。打电话、聊QQ、发短信、写情书,近在咫尺的我们却玩浪漫。

在我的引导下,纯子向我交代了她以前所有的爱情经历。还好,都是有贼心没有贼胆之辈,只拉过手而已。纯子也让我交代,我一下子说出十几个女孩子的名字,在纯子发愣芳颜将怒之时,我补充说:"这些都是朋友们的娇妻,我晚了一步又一步。"

　　眼看纯子已是我的囊中之物,我甚至精心策划了一出求婚场面。但突如其来的变故发生了,纯子再一次相信和她一天内连遇4次的杨林才是她的唯一,她说这是他们前生的约定。还没有谈过5天恋爱就迅速升温到谈婚论嫁的地步。第6天纯子向我说Sorry时,她的手指上已经戴上了杨林送给她的戒指了。纯子还说她很快要和杨林一起移民到美国了。天啦,我险些晕倒在纯子面前,莫非老天惩罚我以前"不守男道"而故意让纯子来折磨我?

　　我所有的语言都无法打动纯子远走高飞的心。她坚信和她一天之内4次相遇的杨林才是她一生的至爱。简直岂有此理!我这样久经情场、杀敌无数、横刀立马的少女杀手会败在一个名不见经传的杨林手中?这不是天大的笑话?我的绰号"爱情无敌"难道白叫了?哼!以其人之道还治他人之身,对!就这么干!

　　我包了一辆出租车暗中跟踪纯子。我在一天之内突然在纯子面前出现7次。前3次纯子感动得芳泪直流,后4次纯子一见到我扭头就走。我当然不能就此认输和放弃。我是熟悉爱情36计的当代爱情专家,岂有认输之理!所谓兵不厌诈,爱情亦如此。

　　我驱车来机场时纯子和杨林还没来到。这一次我决定孤注一掷。身边的高霞对我说:"浪子,你的主意行不行啊,万一失算了可别怪我。"

　　我郑重其事地对高霞说:"在我认识的女孩中,你是唯一一个和我友谊界限清澈如水的红颜知己,而你曾经演过话剧,所以我相信你,也放心你,你一定能成功,拿出你的勇气和智慧吧!"

杨林和纯子说笑着走来了，我虽怒发冲冠却没有在敌人面前惊慌失措。我告诉高霞谁是杨林谁是纯子后，高霞指着纯子对我说，她就是你的归宿，也太嫩了吧，我想你是吃错药了。

"别说那么多了，她才是我的唯一，赶快行动吧！"我不由分说地把高霞推下车去。

高霞大大方方径直走到杨林面前："杨林，恭喜你又有了新欢，忘了我是吧？当初你用一天之内和我三次相遇的巧合骗我说是我们命中注定的，我相信了你。后来我才知道这是你的一贯骗术。这个小女孩又是你用同样的方法骗来的？我今天是故意来揭穿你的老底的，免得你把人家骗到美国连家都回不来了。"她又转身向着纯子，"你就叫纯子是吗？作为同样的受害者，我希望你能看清杨林的真面目，不要相信他的巧合，那完全是他自编自导的。"

杨林不知所措，纯子难以置信，高霞喜形于色，我则是得意忘形，手舞足蹈。我等待的一幕终于如期上演了，纯子怒发冲冠地扔下杨林转身就跑，而杨林却没有去追。机会来了！我马上跳下车三步并作两步冲到纯子面前，拦住了纯子，并一把将纯子拥在怀里："纯子，我的纯子，真正爱你的人是我，嫁给我吧，我会给你一生的幸福和快乐的。"

事情进展顺利，我高兴得跳起来，但我得去感谢高霞。我答应事成之后必有重谢的，高霞冒着如此巨大的风险冒名顶替用极其阴险的手段对杨林进行栽赃陷害才使我的爱情起死回生，我怎能不感激涕零？我除了约高霞共进一顿丰盛的晚餐外，外送一份女子健身俱乐部月票一张。

高霞等我们吃饱喝足并收下我的礼物后，用手机拨通一个电话："好了，一切OK，现身吧！"

奇迹突然在我面前出现,杨林走上前来挽着高霞,高霞马上拥着杨林,两人亲密的状态说明了他们的关系非同一般。杨林伸出右手:"不打不相识,我和高霞过两天结婚,我们收下了你的新婚贺礼!"

我真的不明白这世界变化得这么快,明明开始我是导演而他们是演员,怎么一下子他们变成了导演而我则成为众目睽睽之下毫不知剧情的演员?我再三追问,杨林和高霞坚决不肯说出事实的真相,只是告诫我要好好爱着纯子。

对了,是纯子,纯子一定知道来龙去脉和一切事情的前因后果。我赶紧赶回家中,只见纯子正在忙前忙后为我炒小菜,她哼着歌儿快乐得如同一只小鸟。

面对我的质问,纯子低头不语,半天才流下眼泪说:"杨林和高霞都说你是花心萝卜,可是我爱你,也离不开你,但又怕你以后色心不改,怎么办呢?高霞帮我出了个主意来考考你。她还不惜牺牲她的准老公杨林和我一起演戏。整个剧情的导演是高霞,她天衣无缝地安排了一切,浪子,你说我表演得好不好,能不能当女主角?"

一向自诩为爱情专家的我,苦读兵书钻研出爱情36计,不曾想被高霞的雕虫小技打败了!对了,加上去,这就是爱情第37计!

"练爱"转正

茫茫人海中,我偏偏看上了朱红!

说来奇怪,朱红是那种放在人堆里很不起眼的女孩。那天总公司的新产品介绍会上,是朱红那流利的讲解、生动的比喻、娴熟的业务水平,让我也把她当成新产品,没来由地喜欢上了。我暗下决心,一定要把她"采购"到手!

会后,我记下了她的电话号码,并储存在脑海里。经过再三了解,朱红尚未有男朋友,那么,我就准备对她发起进攻。新产品介绍会后,有男朋友女朋友的哥们姐们成双结对地走了,继续温习他们的功课。我偷偷地溜上三楼女宿舍,发现朱红的宿舍灯还亮着,我想这下有戏了,朱红找不到推辞的理由了。

来到广场上,我掏出手机,先给朱红发个短信,看她反应如何。短信的内容是:全国人民都是情感的富裕者,只有我是穷人。你能施舍一点吗?

我能想象得出,此时此刻,朱红正看着短信发笑。但我等了10分钟,朱红并不回复,看来她对我的诚意并没有半点同情心。我自嘲一笑,何必自作多情呢?

对了,不要灰心,我对自己说。不经历风雨,怎么见彩虹?没有谁能随随便便成功。我再发一个短信:痴心请教,有些产品我还没有弄懂,能否垂怜赐教?广场上有位傻哥,正等你回复!这

回可是正经的,看她怎么说。

朱红走向窗前,朝下面看了一眼,马上消失在窗前。没过多久,房间的灯光没了。我想,她一定屈尊走下来了。

再等10分钟,还是不见朱红的身影,我着急了。是不是别人捷足先登了?我马上给朱红拨了个电话,还好,通了!

奇怪,铃声突然在我身后响起。我转过身来,夜色中,朱红正朝我微笑呢。

"不好意思,你今天讲的,我还有些记不住呢。"我没话找话。

"那好,我再告诉你一次,可别再忘了。"朱红轻启朱唇。

在我的再三邀请下,我们一起去明典咖啡厅。

灯光下,朱红一边告诉我某些新产品的性能、注意事项,以及次品的处理。我表面洗耳恭听着,眼睛却注视着她的粉脸,半天没有移位。朱红让我看得不好意思,才转过话题,问我一些家庭情况。我一一给予作答,恐怕漏掉某些关键词语。

把朱红送到回宿舍的途中,正好有位时髦的女孩从我们身边经过。朱红说这女孩很现代,是她们女中的先锋队。我笑笑告诉朱红,这是马叉虫中的一类,属于时尚品,中看不中用。

朱红一直问我马叉虫是什么昆虫,我没有告诉她,我说以后有的是机会。

道别时,我还握了朱红的手。回到宿舍,看看我的右手,朱红的余温还在手上,那股淡淡的清香,缭绕在我的房间里。

朱红真的成了我的女朋友了。我不禁对自己的小聪明,感慨万千。

朱红对我说,我们的"练爱"才刚刚开始,她要对我进行一系列考验,过关了,就给我发毕业证书。"机会是掌握在你手里,就看你的表现！"朱红说。

有一天，朱红告诉我，说她妈妈生病了，要回家一趟。我也想请假和她一起回去，顺便拜见这位未来的岳母。可她不同意，她说应该没什么大事，让我安心工作，她这次回去的目的，也是想把我们的事向她妈妈汇报一下，征求她的同意。

很好，女孩子就是心细。罢了，我送她上车后，就回来了。

一天晚上，我正在绘制灯体图片，手机突然响起来。一个自称是B厂的MM说要来找我，让我帮她准备一些资料。

见鬼了，B厂的这位MM我也认识，长得像莱温斯基似的，简直迷死人了。当初我也向她示爱过，可人家不乐意，听说早就名花有主了。

我只好让莱温斯基上来，这MM风度不减从前，几个月不见，越发迷人。

莱温斯基对我很热情，为了感谢我对她的帮助，特地让我陪她吃消夜。这可是我以前求之不得的。

我们也来到明典咖啡厅，奇怪的是，莱温斯基要的咖啡也是不加糖的，她怎么会和朱红的嗜好一样呢？

在交谈中，莱温斯基有意无意地说起朱红的不是。这马叉虫数落起人来，有分有寸，得体又不得罪人。我想想也是，朱红确实有那么点毛病，人太高傲了，而且对我不冷不热的，让我无法捕捉她的心思。我们聊了很久，一看墙上的挂钟，12点了。莱温斯基要我送她回宿舍，我无法推辞，只好送她回去。

路上，莱温斯基无意中对我透露了她回到单身行列中来了。和她相爱的那个帅哥到广州去了，她的爱没法把他留在她身边。我恭维着说，以你的条件，什么好男人不拜在你的石榴裙下？

莱温斯基笑着说:"难啊,我看得上的好男人,臂上挂着别人的小手,没我的事了。"

我没敢在她房间待太久,逃也似的溜走了。临走时,莱温斯基说今后有空会经常打扰我,让我不要介意。

当然我不会介意,会介意的是朱红。如今我要是另择明主,对她是不公平的。莱温斯基和朱红,我到底该选择谁呢?躺在床上,我久久不能入睡。你说这爱情怎么就这么折腾人呢?

莱温斯基越来越勤了,每当我一下班,她就会出现在我宿舍里。不行,我得注意影响,打电话问朱红,什么时候回深圳,她说快了,过两天吧。

这天晚上,莱温斯基对我说,我愿意和朱红公平竞争。我说,我有那么好吗?多久前无人问津,如今却成了抢手货了?畅销产品了?

我只好找借口,今天忙,明天没空,后天有约,莱温斯基对我的傲慢果然发火了。她说你以为自己是潘安再世?她说她还要告诉朱红,我对她图谋不轨。

我给她发了个短信:你是一种新型的马叉虫,有剧毒,我可不敢惹你了。

正当我和莱温斯基舌战的时候,朱红及时回来了。

奇怪的是,朱红回来后,还没和我说几句热乎话,就跑到莱温斯基那里去了。

无聊,她们俩何时成了同党了?我想看看她们究竟瞒着我什么,就偷偷尾随朱红,跟踪而去。

"红姐,你可回来了,我的任务也完成了。"莱温斯基的声音。

"我再不出现,恐怕你就下手了。谢谢你,这个角色你演得不错,改天我请客。"是朱红的声音。

"闻所未闻,哪有叫别人试探自己的男朋友的,我可是第一次见过。要不是我早就有了男朋友,我可是会中饱私囊的。呵呵!"

"你敢! 我就是怕你再演下去,真的把我给丢了,那亏大了。所以,戏剧到此结束,我得走了。"朱红说。

"对了,红姐,他说什么马叉虫,那是什么虫啊? 我可是从来没有见过的。"莱温斯基问朱红。

"危险啊! 他连这也跟你说了,幸好我来得早,要不,他可是成了你的嘴边肉了。好了,我回去后一定问清楚,这到底是什么东西。"两个女孩闹成一团。

我想,这就是朱红对我的"练爱"考验吧,有惊无险,万事俱备,只欠东风了。我马上出现在她们面前,令她们不知所措。

朱红紧紧挽着我,怕我突然消失似的。在她们的再三追问下,我给她们解释了马叉虫的深刻含意。

"我说了,你们可别骂我呀! 这'马叉虫',是我骂女孩子的特别用语,骂那种风骚的女孩子的话。你们把'马、叉、虫'三个字组合起来,是不是成了一个什么字,很难听的。"我得意地望着她们。

"骚!"她们想了一会儿,突然不约而同地叫出来。接着,我们三人同时哈哈大笑起来。

回来的路上,我问朱红:"'练爱'考验通过了吧,你什么时候让我转正?"

"还好,有点正人君子的模样,我妈通过了,我也通过了,准备转正吧!"朱红话音一落,我高兴得一把抱着她,啃个不停。

我的合租女友

刚新进了一家公司,其他条件都不错,就有一点不好,公司不提供住宿。对了工薪族来说,这是一个很大的压力。我去看过几处租房,要么离公司太远,要么房租太贵。正发愁时,老友给我介绍了一个同人合租的好办法。我想了想,四百块一月的租用金,两房一厅,很好,可以减轻我的经济负担,和人合租又可以互相照应。

按照朋友提供的地址,我找到东城 B 区的租房。正是星期六下午,合租人没有上班。我轻轻敲开了房门,露出一个女孩的笑脸。当我说明自己是是来谈合租房子的问题时,女孩很高兴地让我进去了。

我刚坐下不久,女孩就自我介绍说她叫沌子。我想这女孩的名字也挺新潮,起了个日本名。我对她的第一印象是:美,美得有点新潮。特别是她的短裙,似乎太短了点。虽然她的腿很美。我没敢正眼瞧她,低头看着桌上的合租合同。

合同内容和朋友介绍的相差不多,我欣然同意了。当我签下名字后,沌子又拿来另一张合同让我签字。那合同内容写着:

本人愿和沌子同租一室,以朋友相称或者毫无相关也行。合租人必须尊重女生,以下为租房条件:

1. 卫生间共用,每人打扫一周。客厅和厨房共用。煤气每人购买一个月；

2.不允许打听别人的私生活,不可进入别人的房间；

3.不允许带男人过夜,不允许带女人来过夜；

……

原来沌子不是房东,她就是我的合租人?

看到我惊讶不已,沌子对我说,要是不同意以上的条件,她宁愿自己掏钱,也不让别人来合租。

该死的老朋友,为什么不告诉我和我合租的是位女孩?虽然我还没有女朋友,对女生也有一种天然的爱慕之心。可和女孩合租住在一起,这还是新娘子上花轿——头一回。

快点,我没空陪你,同意就签字,不同意就拉倒!沌子看到我在发呆,对我下了最后通牒。

想想一个月可以省下200元,想想再也没有比这里安静的环境,我咬咬牙答应下来了。看了沌子一眼,我说我还没有女朋友。我庄严地签下了自己的大名。

"哦,你叫张宏?我可告诉你,今天你就可以搬过来住。你可记住了,上面的条件一定要遵守,否则,我会把你赶走。好了,我还有事,你的房间自己打扫一下吧。"沌子说完,甩一下满头的长发,走进自己的房间去。她的身后,传来了很有力的"砰"的关门声。

自认倒霉吧,偏偏和一个"东洋"女孩合租在一起。我曾经在报纸上看过:随着时代的发展和人们观念的变化,异性合租悄然兴起,男女共处一室不再是恋人,很多大学生、白领、打工者纷纷选择了这种合租方式,成为都市青年追求的一种潮流。

我们也在赶潮流。

平时，我很少关心女孩的生活，她是上夜班，而且永远上夜班。每天晚上6:30就出去了，到了凌晨3点才回来。沌子的打扮很得体，匀称的身材加上那件职业性的短裙，把她美腿的美衬托得一目了然。我想这样也好，她不在的晚上，我可以安心在那虚构的世界里抒写人生。我是个业余作家，每晚写文章成了我的习惯。要是沌子在的话，她喜欢听音乐，不把我吵死才怪呢。

有一天晚上才12点多，沌子就回来了，她的手里还多了一份消夜。我是听到开门声，才确定那是沌子高跟鞋的声音。

"张作家，还没睡吧？"是沌子在敲我的房门。

奇怪了，这女孩为什么叫我？我想了一下，应了声就开门了。

"今晚下班早了点，那边停电，给你带了点吃的，我知道你经常熬夜，所以……想吃就吃，不想吃就丢了它。"沌子说完把消夜丢在我桌上，我还没来得及说声谢谢，她就转身出去了。

这是一份很丰盛的消夜，少说也得30多元钱。我平时都是以方便面充饥，虽然我一个月也有2000多元的工资，可我舍不得花钱。算了，既然人家送来了，不吃白不吃。

第二天下午，是周六，我没有上班。沌子睡到下午2点才起床。她开门后看到我在阳台上，和我打了声招呼，就走进了洗手间。这时，我才想起我的生活中还有个女孩。平时一忙倒是把她给忘了。她是干什么工作的，为什么两个多月来全是上夜班？莫非她是做小姐的？

太可怕了，她是做小姐的！绝对没错，难怪她每天总是衣着光鲜地去上班，目的就是为了勾引男人，然后从男人口袋里掏钱。呸！我在心中骂道，和狼共室了。

就在这个时候，沌子从洗手间里走出来了。

"张作家,难得你有闲情逸致,到阳台上看风景。"沌子对我说。

我只是嗯了一声,没搭理她,便低头看我的书了。

沌子不知道是不在意我的不屑还是没听清楚,拿起扫把扫起地来了。本周是她值日。

晚上,沌子出去了一会儿,回来后就躲进房间里没有出来。我也懒得理她,对这种女孩,不值得我去注意。我打算过了这个月后,就搬出来,这种女孩我受不了,眼不见为净。

当天晚上,我是在梦中被一种痛苦的呻吟声惊醒的,当我听清楚这声音是从沌子房间传出来时,我打开了房门,走到沌子的房门前。那呻吟声越来越大。沌子一定是病了!我想。我狠狠地敲着沌子的门,过了一会儿,沌子才捂着肚子打开房门。

"对不起,我的肚子疼得很厉害,吃了止痛药也没用。"沌子苦着脸对我说。

我让沌子等我一会儿,到我房间里拿了钱,我又冲进沌子的房间:"走,我送你上医院!"

"这么晚了,没有医生了吧,算了!"沌子吃力地说。

"有医生,人民医院24小时有人值班。不能再等了,走!"虽然我平时对沌子很讨厌,但在人命关天的节骨眼上,我还是选择了先救人再说。我把沌子丢在背上,背起她跑下楼去,拦了一辆出租车,直奔人民医院而去。

经医生检查,沌子是食物中毒,原来沌子吃了昨天下午买回来的凉拌菜,半夜就开始拉肚子了。还好送得早,吊了几瓶盐水之后,沌子没事了。但我还是陪着她到天亮,并交代好注意事项后才去上班。

我和沌子的交往仅此而已，要不是她生病，我巴不得离她远远的，怕受到她的传染似的。

就在我准备退出租房的前一天晚上，沌子却没有去上班。她早早就买来了肉菜，还有一盘生日蛋糕。她说她的一个同学要来她这里过生日，还要我帮忙，报酬是我可以吃一顿免费的晚餐。

本想回绝她，想想也就最后一个晚上就拜拜了，还有免费的晚餐，我就勉强答应下来。

等做好了饭菜，摆上了生日蛋糕，沌子才告诉我，今天是她22岁的生日。因为她从来没有为自己过过生日，所以，今晚就让我陪她过22岁的生日吧。

我也答应了，谁让我入了狼窝？

沌子说，有我陪她过生日，她很高兴，非要和我喝几杯不可，容不得我推迟。我只好硬着头皮和她喝了几杯。酒一下肚，她的话就多了。

"我前天在书店里看了你写的一篇文章，很不错，但如果我没猜错的话，那里面的主人公一定是我。你在影射我，我告诉你，你错了，太小看人了……"

沌子告诉我，她不是我文章中的三陪女。她学的酒店专业，在酒店当领班。为了让她上大学，家里为她花了好多钱，为此，也欠下了一笔债。为了还钱，她残疾的父亲还在打工挣钱。沌子说，她为了多挣点钱，凡是别人不愿意上的夜班，她都顶替上了，为的就是早日还清家里的钱。直到上个月，沌子才还清了家里的所有欠款。

"你知道吗？让我那残疾的爸爸为我去打工，我的心里不好受啊！为了省钱，我才会和你合租，可你却以为我是……"

哦,原来如此!一切都明白了,我错怪了沌子了。可为什么她平时对我那么傲慢,既然自己心中没鬼,为什么不可以光明正大点?

我带着这个疑惑问了沌子,沌子狡猾地对我说:"那是我对你的考察,你想想,一个女孩和一个男人住在一起,会有安全感吗?没有对你摸清底细,我会放心吗?"

这就更奇怪了,为了每月省那200元钱,这样值得吗?风险也太大了。我对沌子说:"万一我不是那种人,那你不就更危险了?"

"我听过你朋友对你的介绍,所以才会让你住进来。但我还是不放心。就在这个时候,你来到这个工业区,一时还没有租到房子,于是我告诉你朋友,将计就计,因为,我还想和你交朋友……不知道你愿不愿意成为我的第一个男朋友,也是最后一个男朋友?"

真相大白,害我虚惊一场。我马上把沌子抱起来:"沌子,我向你宣布:从今天开始,你就是我的女朋友了……"

绝　境

曹刚和李小丽同在一个办公室上班,虽然工作上也有些关系,但两人却如同陌路人。这不,下班前他们还为一件小事而争吵,以致于全办公室的人都走完了,他们还不知道。

突然,天气大变,紧接着,暴风雨迅猛来临,这是他们所料想不到的。这不,才不到一个小时的时间,2号办公楼就迅速被洪水淹没了。

曹刚和李小丽是最后撤出办公室的,他们吵完架之后,因为忙于转移一批机要文件,被困在2号楼里。

望着外面一片汪洋世界,他们谁也没有想到洪水来得如此猛烈。"李小丽,快拿手机向外面求救,否则,我们俩谁也逃不了。"曹刚边抹脸上的雨水边对李小丽说。

曹刚曾经数次追求李小丽,可这女孩对曹刚的举止无动于衷,甚至还向他抛过不屑的眼神。他们之间除了公事外,谁也没有搭理谁。

李小丽似乎没有听到曹刚的呼喊,仍然面无表情地望着眼前一浪高过一浪的洪水。曹刚忍不住了,又大声吼了一下。"你没有手机,不会自己打?"李小丽头也不回地说。

"我的手机没电了。快,不想死的话赶快报警!"这回曹刚的声音提高了八度。

"本小姐死不死关你什么事?"李小丽依然无动于衷。

两人正争执间,洪水又向二楼冲来,一浪高过一浪。这该死的老板,怎么把办公楼建在这么低凹的地方。曹刚心中骂道,返身向三楼冲去。

突然,李小丽惊叫一声,脚下一滑,整个人向一楼滑去。曹刚大叫不好,脱了皮鞋扑向洪水中。

"李小丽,拉着我⋯⋯"曹刚把手伸向李小丽。

李小丽喝了几口水,正要被洪水冲出楼外,幸好曹刚的手适时伸来。她顾不得其他,把手伸向曹刚,终于被曹刚拉上来了。

"哇,怎么会这样?"站在通往三楼的楼梯上,李小丽一声惊呼。原来,刚才李小丽在洪水中挣扎时,不知不觉地下身的裙子被洪水给"脱"去了。只穿着内裤的李小丽,此时有多么尴尬。而且是在曹刚面前。

"看什么看?"李小丽狠狠地问。

"这有什么?"曹刚把头扭向一边回敬她一句。

"你……"李小丽气得说不出话来,只好蹲下身子,免去一些尴尬。

雨越下越大,洪水越涨越高,从未经历过如此惊险场面的李小丽,吓得哭出声来。

"叫你打电话报警,你却无动于衷。哭有什么用,等死好了,就知道哭!"曹刚又挖苦一句。

"我的手机昨天送修了,还没拿回来……"李小丽委曲地说。

"那我们只好听天由命了。"曹刚脱下被水泡湿的上衣,呆呆地望着被捅破的天。

突然,一声巨响,整栋楼房摇摇欲坠起来了。

"不好,办公楼可能要塌方,快,快,爬到屋顶上去……"李小丽一听完曹刚的话,一时顾不得羞愧,把手伸给曹刚,两人跌跌撞撞向三楼顶爬去。

通向三楼顶的只有一个小铁梯,只容一人上去。曹刚抓过李小丽,让李小丽骑在自己的头上,向三楼顶爬去。

刚放下李小丽不久,天就黑了。

"曹刚,这下怎么办?没有人知道我们还在这栋楼里,谁会来救我们?"李小丽担心地说。

"你不凶了?没人来救?有你陪着,此生也不亏了。"曹

刚说。

"你……"李小丽气得说不出话来。

"等吧,天亮后就有人会来救我们的。不过,你那身打扮,会吓死人的。"曹刚又说。

李小丽这才想起自己只穿着内裤站在曹刚面前。"你给我回过头去!"李小丽发疯似的骂道。

两人就这样背着脸坐着,不知过了多久,雨似乎小了一点,洪水也慢慢地退去了。

快,下楼去,搞不好这楼房真的会塌。曹刚凭感觉对李小丽说。

但是,天黑得像倒扣的锅底,伸手不见五指,这让李小丽为难了,怎么下去?

曹刚似乎看透了李小丽的心思,他二话不说又把李小丽拉过来,再次让她骑在自己的头上,小心翼翼地往楼梯走下去。

他们刚到一楼,正在寻找大门出口,突然,轰的一声巨响,楼房坍塌了,一块巨大的水泥板,正好罩在李小丽和曹刚的头上。幸好他们身后靠着柱子顶着,两人才幸免一死。

这一声巨响,也让他们昏了过去。不知过了多久,李小丽才苏醒过来。她的第一感觉是,有人压在她身上,让她动弹不得。仔细一想,她想起来了,这人一定是曹刚。

"你,你怎么压在我身上,快,快起来吧。"李小丽使出吃奶的劲,也没能把曹刚移开,他依然一动不动地压着她。

李小丽只能勉强伸手擦一下满是泥沙的脸,突然,她闻到了一股血腥味。她身上并没有受伤,只是被曹刚压得难受而已。那么,这一定是曹刚受伤了?

想到这，李小丽吓得哭出声来，她不知道怎么办才好。

曹刚醒了，是被李小丽的哭声哭醒的。

"李小丽，你，你没事吧？"曹刚虚弱地问道。"快，我压着你了，你，你挤出去吧，来，大家使劲……"

李小丽在曹刚的帮助下，终于从曹刚的身下爬出来了。摸摸四周，还有一点空间。她终于放下心来，至少他们不至于被压死。

"你，你朝四周看看，看看有没有亮光，如有，赶快呼救吧……"曹刚爬不起来，只能喘着气说。

"你受伤了，怎么办？这周围也没有亮光，我们怎么办？"李小丽说。

"你帮我把右腿包扎一下，那里正流血呢……"曹刚说。

"可我看不到什么。"李小丽紧张地说。

"随便……"曹刚尚未说完，又晕过去了。

李小丽紧张地摸索着，终于找到曹刚受伤的右脚。她知道，曹刚是为了救她才受伤的。因为曹刚一直压着她。要不是曹刚，可能她早就……

李小丽又摸索到曹刚的脸，她发现曹刚的脸是冰冷的。他会不会就这样死去？现在唯一能救他的只有她了。

她试探着推一下四周的水泥板，没有用。一块块水泥板似乎有几千斤之重。怎么办呢？

想什么也没有用了，他们只有自救。为了给曹刚取暖，李小丽干脆把曹刚抱在怀里，如同怀抱着婴儿一样。母爱在李小丽的心中涌现出来。

不，不能让他死，不管怎么说，他是我的救命恩人。

李小丽想，也不能让他一直处于昏迷状态，那样的话，说不定他的生命会就此了决。她使劲抱着曹刚,并大声和他说话,尽管他仍然处于昏迷之中。

曹刚在李小丽的呼唤下,终于再次苏醒了。

"对不起,我……"曹刚艰难地说。

"什么也别说了,好好地躺着,会有人来救我们的。"李小丽安慰他说。

"这事被我不幸言中,对不起,原谅我吧。"曹刚说。

"不,我宣布,从今天起,我正式接受你的求爱。"李小丽说。

"别安慰我了,我是活不出去的,血流得太多了。不过,有你这句话,我,我死也瞑目了……"

"你想丢下我不管了?不行,你别抵赖,我就是你的了,曹刚。"

虽然在黑暗中,李小丽仍然可以感受到曹刚的微笑,她自己也在笑,笑自己的大胆。她总是和曹刚说话,想尽一切办法让他清醒着。

饥饿、伤痛让曹刚再一次昏迷过去,任凭李小丽怎么呼唤,曹刚都一动不动。李小丽吓得再次大声呼叫,声音几近凄厉。最后,她也筋疲力竭,快要昏迷过去了。

就在李小丽就要昏迷过去的时候,压在他们头顶上的水泥板动了一下,一束亮光透射下来。

原来,老总第二天清点人数时,发现少了曹刚和李小丽。他们一个是工程部主管,一个是资料室文员,一定是他们在转移文件时,被压在楼下了。所以,他赶快叫来挖掘机,小心翼翼地寻找他们。

"我,我们在这,刘生……"刘生就是老板,李小丽高声呼叫着。

第一声没人听见,第二声也没人听见……不知呼叫了多久,外面的人们终于听到了。

几天后,曹刚终于苏醒了。经检查,他右小腿骨折,需住院一段时间。

刚苏醒过来,曹刚第一眼就发现趴在他的床沿睡着的李小丽。

他不由得高兴地叫起来,刚一伸腿,却痛得大叫起来。

笔记本里的秘密

第一批工人下岗了,小王心有余悸。他上班时三天打鱼两天晒网,下岗是迟早的事。但他总是稳如泰山,没有下岗。有人说,他之所以没有下岗,因为他和贾厂长的儿子是同学。

小王照样没事似的,拿一本笔记本,不知道他是在记着些什么。有一次,贾厂长亲自下车间巡视,发现小王正坐在一堆废纸箱上记录什么。贾厂长快步向小王走去,一到小王跟前,小王赶快把笔记本藏起来,他说什么也不让贾厂长看他的笔记本。

贾厂长瞪了小王一眼,意味深长地走了。

第二天,小贾找到了小王:"小王,你整天拿个笔记本,你到底在记些什么?"小王不好意思地回答:"没什么,真的,没什么。"

这下小贾没话可说了,但小贾就是不信,"我小看小王了,他

这么有心计。"他自言自语道。接着,他马上把小王不透露笔记本记录的秘密告诉了贾厂长:"爸爸,你要小心小王,他很有心计。"

第二天,小王顺理成章地被调到行政科上班。

事情已经过了两年多了,工厂也被一家外资企业兼并了。这天,小王到以前的贾厂长家玩,已经不是厂长的老贾问起那时小王到底在笔记本上记些什么时,小王不好意思地说:"贾叔叔,真对不起了,那时候我哪里敢对你说呀,我那笔记本里记的全是六合彩的号码啊!因为我怕下岗,所以我不敢让你看……"